長嶋有

今も未来も変わらない

中央公論新社

婦人公論
連載小説

もくじ

4——第一話
「……おっとぅ」
14——第二話
永遠ていぅ言葉
24——第三話
丸ーくなってます
33——第四話
探しものがあるのではなく
43——第五話
はぁって言ぅ現実
55——第六話
初めてじゃなかったんですよ
64——第七話
じゃあなんでキスしたの
74——第八話
過去を歩く未来
83——第九話
20のトリプル!
92——第十話
だって作家でしょう?
101——第十一話
地獄でなぜ悪いかといいますと
110——第十二話
託宣

第十三話　夢はピョッピョと　120
第十四話　有名じゃない方の主題歌　130
第十五話　「……彼、最高よ」　141
第十六話　「なにが最高だって?」　150
第十七話　ト書きに書かれてるみたいに　160
第十八話　好かれてありがとう　170
第十九話　GTA未遂！　182
第二十話　反射　192
第二十一話　虚心な変な　201
第二十二話　忍ばぬ忍者のように　212
第二十三話　私たちはみる　222
最終話　今も未来も変わらない　233

装画　丹羽庭
装幀　佐々木暁

今も未来も変わらない

第一話 「……おっとぅ」

「『街はきらめくパッションフルーツ』って言うでしょう?」志保(しほ)の質問は唐突だった。

「え」助手席の星子(ほしこ)はスマートフォンから顔をあげて志保の顔をみた。スマホの画面には星子の娘からのメッセージが表示されていた。

「『街はきらめくパッションフルーツ』って、言うじゃない。歌で」志保は運転していたから、星子の方を向いたりしなかった。

「うん」別に、星子には志保の質問が聞こえなかったわけではない。文脈が読めなかったのだ。

「ほら、アニメの」

「うん」ああそうか、と遅れて分かった。ついさっきカーラジオの番組内で話題になっていた。先月から上映中のアニメ映画『シティーハンター』の、その劇中には同じ作者の漫画『キャッツ・アイ』の三人組も登場していると。もろに自分たちの世代の集客を当て込んだ映画の企画だ。もうその話題は終わり、今はパーソナリティたちが、来月一日に発表される「平成の次の元号」について話しているところ。

「そう、『キャッツ・アイ』の歌の最初」

「杏里のね」ちゃんと伝わっているよという気持ちを込め、星子の返事はいささかくどくなった。

娘からの着信**〔クリーニング屋のカードどこ置いたっけ〕**への返信はとりあえず後にする。

「そう、その歌の『街はきらめくパッションフルーツ』って、なんだと思ってた？ ……あ、ちょうだい」

星子は今度はすぐに了解し、膝上ののど飴の袋から一粒取り出して包装を剝き、志保に手渡す。それから考えてみた。「街はきらめくパッションフルーツ」という歌詞を自分はどう思っていたかを……。

なんとも、思ってなかった。でも正直に「なんとも思ってなかった」とは、なんだか答えずにいると、志保は沈黙を回答とみなして話を続けた。

「私ね、比喩だと思ってたの」

「ひゆ」

「そう」街＝きらめくパッションフルーツのようである、という意味だと。

「え、そうじゃないの？」返事の代わりであるかのように志保はアクセルを踏み、車の速度をあげた。

「パッションフルーツ、つまり情熱を感じさせるような『さまざまな果物』が、こう、なんていうの、背景に散っている……」分かる、どんどん分かる。ていうか私も比喩だと思っていたよ。志保の左の頰が飴でわずかに膨らんだのをみて、星子は自分ものど飴を一粒口に入れてから、手ぶりを交えて素早く応えた。

「分かるよ。あの、ネオンサインみたいにでしょう」

いわれてみれば「なんとも思ってな」くはなかった。昔の映画の中で、聞き込みをする探偵が、夜になっても繁華街を歩き回って休まず聞き込みしてますよ、という「意味」として、雑踏を歩く探偵にさまざまなネオン看板が多重露光で重ねられては消え、重ねられては消え……という「演出」を星子は思い浮かべたが、そのように説明しなくても「ネオンサインみたいに」だけで伝わったようだ。

「そうそう！　南国のパイナップルとかマンゴーとか、そういうフルーティなもので、街のにぎわいとか熱気とかの、キラキラした『感じ』？　を総称しているんだ、と思ってたわけよ」

「うんうん」赤信号で志保は停車させ、左折のウィンカーを出す。

「そんなに真剣に思ってたわけじゃないけど、漠然とね」

「分かるよ」星子の相槌は笑いを含んだものになる。しごく真剣にそれを思っている志保を想像したから。信号が変わり、車は左折する。カーナビをみればあと少しで目的地と知れる。

「そしたらさ、パッションフルーツっていう名前のフルーツがあるんじゃん！　私、ぜんぜん知らなくて！」

「あ、あれじゃない？　あ、ごめん、ほら、あの建物！」星子が――話の腰を折る形になることを承知で――前方を指さすと、志保の顔つきがわずかに変わった。

「よーし、空か満か、空か満か」志保も自分のしていた話をためらうことなく中断した。新たに念仏みたいに唱え始めたクウカマンカクウカマンカを星子は脳内で変換する。丁か半かみたい。

「空だー！」刹那、志保の勝利（？）のおたけび。「P」の看板の下にはたしかに電光掲示で「空」の表記。志保は減速もそこそこに勢いよく左折させる。

「よっしゃー」星子もあわせる。平日の午後だから、駐車場の空きについて星子は最初から心配していなかったのだが。


九十分後、志保はマッサージチェアに埋もれていた。

「スーパー銭湯を作り出した人間は神だと思う」志保が漏らした言葉の、内容と別の厳(おごそ)かな調子に星子は笑う。同時に、そう言う志保こそが神みたいだ、と感じもした。ではここは天国か。

最近のマッサージチェアはすごい。一昨年の温泉旅行ですでに実感していた。腰から下の脚も腿(もも)からくるぶし、果ては足先までもを包み込む。

志保はそこに体を沈めているのみならず、もちろんマッサージをしていた。いや、マッサージをされているのか。スーパー銭湯のあっちこっちの湯船にさんざ浸かったから、志保の肌は上気していた。

「うう、おぉ、ああいい……私、母音しか言ってない？」

「母音だけだね。『え』以外全部言ってる」

「えええええ……」

館内には昨年大ヒットしたDA PUMPの曲がかかっている。志保と同じムームー姿の星子はペットボトルの蓋をねじって、スポーツドリンクをがぶがぶと飲み、飲んだら荒い息が漏れた。それを目にした志保も、傍らのペットボトルに手を伸ばした。

「呑んでいいんだからね」志保は銭湯についた時と同じ言葉を星子に再び放った。運転は引き続き私がするから酒を我慢するな、という意味だ。星子は笑って首をふる。むしろ、今日の趣旨からすれば、志保にこそ呑んでほしい。

今日、志保を誘ったのは星子だ。呑みに誘ったつもりが、昼間からの銭湯とカラオケという盆と正月のようなだらけたプランを所望されたのだが、請われればどこでも付き合う。スーパー銭湯なんかじゃない、もっとちゃんとした慰安——たとえば温泉に一泊とか——を提案されても星子は応じるつもりだった。

それくらいの目に志保はあっている。

……あっているよね？　ソファから向ける視線が「確認」みたいになってしまったが、志保は「えええええ」も言いやめて、目を閉じている。寝てしまったのかもしれない。

志保は長年付き合っていた恋人にフラれたのだ。

ただのフラれではないぞ。星子は気を引き締める。中年も中盤戦どころか後半戦で、なかなかできないことだ、「フラれる」だなんて。だから、慰めるのもただの「フラれたのを慰める」ではダメだ。そのように引き締めてかかるのは、ともすれば、フラれた志保がまるで平気そうだからでもある。

さっき受付でムームーとともに——どうせおまえら、スマートフォンとか手放せない生物なんだろうから、防水のこれにな、入れとけ、な？　という感じで——渡されたビニールの手提げポーチからスマートフォンを取り出した。娘のメッセージに返信**〔実家箱の中じゃない？〕**をしてから、今度は本当に確認の意味で志保の顔をみる。無遠慮に、まじまじと。どれくらい傷ついているかを、ではない。

どれくらい老けたかな。

志保と星子は十年以上の付き合いになる。出会った頃、二人とも三十代だった。志保の方が五歳年上で、先に五十代に到達した。

十年という年月で、さほど変わらない人と、順当に老け込む人といる。志保がどれくらい老けたか。そんな目で——しかも、自分を棚に上げて——人をまじまじみるなんて、失礼なことだ。

だけど、みたい。

こないだもみてしまった。田舎の母とのテレビ通話で、慣れないスマートフォン操作でカメラからずれて大写しになった母の頬や髪を、画面越しに存分にみた。接近してみることになった母の肌はちゃんとしわしわで、なにやら安堵の気持ちがあった。

いや、あれは安堵なのか、なんなのか。志保が目を閉じたままリモコン（マッサージチェアの）を操作し始めたので、星子も自分のスマートフォンを手にして「パッションフルーツ」で検索をする。

「ヨリちゃんはお元気？」寝ていると思った志保だが、目を閉じたまま声をかけてきた。スマホで娘とやり取りしていると思われたか。

「あ、うん。志保に会いたがってた」娘の拠(より)は、志保といると返信したら軽くむくれるだろう。ウィキペディアの説明文を読んでから画像検索に切り替える。

ああ、うん。パッションフルーツってそういえばこんなだ。半分に切ってスプーンでグジュグジュしたところを食べるんだ。

「さあ召し上がれ」とばかり、複数個あるうちの一個だけを半分に切ったパッションフルーツの画像をみているうち、おかしいと思い小さく口ずさんでみる。

「街はきらめくパッション……これがきらめくぅ？」目の前やや上方にパッションフルーツの画像をかざしてみる。まるできらめかない。

「でしょう？」目を閉じたまま志保が向かいで薄く笑った。星子の小さな歌声を聞いていたからか。画像検索の結果を志保の方に向けてみせてやった。目をこすりゆっくりと上半身を起こした志保には、まだ神の威厳がわずかに残っているようだった。

威厳は椅子のせいか。最新式でなくとも、あまねくマッサージチェアってものは必ず、立派な印象を与える。立派の反対語は粗末か、貧相か。とにかく、貧相なマッサージチェアというものに星子はお目にかかったことがない。

「星子もやりなよ」目を閉じたまま、志保はまだ笑みを浮かべている。

「うん、いいや」その気になれば、隣のマッサージチェアも空いていたのだ。

ほかのさまざまな物品には、ある。「ぴん」と「きり」というものが。合板のテーブルと紫檀(したん)の座卓、軽自動車からリムジンまで「差」があるのが物品というものだ。ソファや椅子だってそうだ。

だが、ソファに似ていてもマッサージチェアだけは——実際には表面が牛革のものからビニールのものまであろうが——一様にがっしりどっしりした構えで、同じ威厳と巨大さをずっと備え続けている。

コインを投入し、手元のリモコンでコースを選んですぐのころ、つまり揉まれ始めのころの志保は、母音しか発話できなかったし弛緩した表情を浮かべて、つまり少しも厳かではなかった。厳かさは静かに、いつの間にか付け加わっていった。

マッサージチェアがそうであることと相似して、志保の表面に特に変化はない。椅子に埋もれたその内側の、志保とチェアと、二者の接する境界にはある密約が発生して、二者の間だけに独特の関係が生じている。志保はすっかり勝ち戦(いくさ)の夜の武将のようなくつろぎをみせるに至っていた。

しかし、内面のことは凝視してもみえない。志保と長く付き合っていた男の顔が、そういえば思い出せない。

志保は目を閉じたまま、館内で流れている『U.S.A.』を口ずさんだ。

「ISSAはよかったよね。再ブレイクして、紅白にも出場して」そうね。特にファンでもないのに星子もなぜか知っていた。YouTubeに載せた動画も含め「ダサかっこいい」古くさいアレンジにしたということもなんだか知っていて、たしかにねと頷くが、星子の知識はテレビやネットの記事でなんとなく得たものにすぎない。志保は芸能や音楽全般に聡(さと)く、「どんな」ダサいアレンジなのかも分かっている風だ。

聴いているうち、スーパー銭湯を神が作ったことは認めるが、安い天国だなーとも思えてくる。

浴場とサウナのほか、マッサージチェアが幾台も設置された（今、二人がいる）「リラクゼーションコーナー」、レストランにカウンターバー、予約すれば受けられるバリ式エステなどが連なっている。

でも、ここはバリ島ではないし、レストランといってもうどんや蕎麦なんか売ってる、高速道路のサービスエリアのようなものだ。かかっているのも有線のヒット曲。午後三時のスーパー銭湯は、入ってみると平日と思えないくらい客がいて、騒々しいというほどでもないものの、楽園の優雅さとはかけ離れたざわめきが常にある。

「よし、歌うぞー」マッサージチェアから起き上がった志保は、カラオケに向かうOLみたいな言い方をした。実際、ここからカラオケへとはしごする予定だ。本当は星子は併設の映画館が気になっていた。たぶん最近のシネコン風なのだろうが、星子は映画館が好きで、用事で知らない街に滞在するときは必ず地元の映画館に足を運んでみる。だが今日は志保に譲ると決めていた。今度はここに映画を観にこよう。長風呂に浸かったあとの映画なんて、寝てしまうかもしれないが。

スマートフォンのメッセージアプリに娘と、見知らぬアイコンの着信を二つ、確認する。娘のを先にみる。**〔『実家箱』ってなに？ 分からん〕**やはり、伝わらなかったか。キッチンカウンターに置かれた籠のことなんだが。そして、もう一つの知らないアイコンは誰だい？

「……おっとぅ」星子はアイコンの相手が分かるや反射的に顔をあげてしまう。声も出てしまっていたらしい、どうしたの、という表情で振り向いた志保に（別に、なんでもないよ）すまし顔で誤魔化す自分をまず想像してみて、打ち消す。そんな典型的な反応をするより、怪しい態度をとったほうが、むしろ怪しまれない。わざと星子は口角を大きくあげる。

「イーッヒッヒ」

「なにそれ」

フラれるのの逆。これは少し前に知り合った男からの、誘いの着信だ。それも若い男からの。

「ヒーッヒッヒ」昔の魔女の笑いでスマートフォンを変なポーチに戻し、先を歩き出す。

「変なの」志保は深追いしてこない。星子がときどきわざと変な態度をとることに、十年付き合ってもう慣れている。

第一話　永遠という言葉

娘の拠とカラオケボックスの廊下を歩く。カラオケボックスの廊下は、他のどの廊下とも異なった印象を与える。少し前、志保とスーパー銭湯からはしごしたカラオケでも同じことを思った。別に星子の歩き方が自信なげということはないものの、並び歩く娘の歩みの方が明らかに、この廊下に慣れている者の自信に満ちている。塾の帰りにちょっと寄るだけの遊びにバリエーションは少ない。拠にとっては慣れた「社交の場」の一つのようだ。

親戚の結婚祝いと、書店で拠の参考書と、家電品の店で新しい電子辞書を選び、今日はもう外食ですまそうと言い合ってから、親子二人なぜかカラオケという話になった。

「二人で？」

「いいじゃん、〆切近い？」

「今日はいいけど……」ならばためらう必要はないとばかり拠は歩き出した。どの店に入るべきかアテも（会員カードも）あるみたいだ。

いいのか？　いいか。娘にイニシアチブをとられながら、こんなことはもう案外、二度としないし出来ないんじゃないかという気持ちが湧いた。イニシアチブをとられることは増えるだろうが二人きりのカラオケは案外もう、ないかも。

春休みが終われば高校三年生、受験に取り組む彼女の、つかの間の時間を自分が奪えるわけがない。ひたすら夜食のおにぎりに好きな具を埋めてあげるだけだ。大学生になって、仕事を始めて、家庭を持つなら持って……あとそれらの「どこ」で、二人きりでカラオケなんかするだろう。

そのことを格別にしんみりと思ったわけではない。でも、せっかくだからしっかりと過ごそう、そう決めて後をついていった。

長い廊下をどんづまりまで進み、室内に入ると壁のテレビの大きさに気圧（けお）される。この世が液晶画面だらけになったことには慣れたが、室の狭さに釣り合ってない。

テレビやカーナビ、スマートフォンばかりではない、街頭の巨大なビジョンは新宿や渋谷だけのものではなくなったし、駅の大きな柱の広告も紙ではない。そこに掲示されるのはアニメか、アニメから抜け出てきたように綺麗な美少年・美少女ばかり。

いつからそうなったんだっけ？

ある期間の、世間の景色の変化をまるまる見忘れてきている。その期間とは単純にいうと子育てだ。拠が生まれて大きくなってくるまで、少しも外出しなかった、わけではない。短い育休を経てすぐ会社に復帰したし、保育園の送迎も小児科にも通った。応募を続けて新人賞を受賞し、小説家を生業（なりわい）とするようになり、さらに夫と離婚して「女手一つ」になったころには拠も危なっかしい年齢をすぎ、留守を任せられるようになっていた。

でも、なにかの変化を見忘れてきた。たとえば今、テーブルに「歌本」がない。カラオケボックスの卓上にはリモコンと歌本が併置されていたものだ。私がみていない間のいつ、歌本はここからなくなった？

そういう不思議さを折りにつけ感じる。歌本がなくなり、ロビーにはコスプレの衣装が、街にはアニメがあふれている。

最近のカラオケの流儀を把握している拠が、部屋の脇の充電台のリモコンを二台、素早くとって一台を差し出した。このリモコンが「デンモク」という名称であることは、昨年か一昨年、横綱が後輩をこれでぶん殴ったニュースで把握した。手に持って、試しに振り下ろしてみたりはしない。志保といったカラオケで、もうやった。

「飲み物なにがいい……あ、先に曲入れておいてね」拠は扉を開けドリンクバーへと去った。

一人になった。大きすぎる液晶テレビの中では、知らない若いグループが宣伝の言葉を述べている。こないだのカラオケで志保は一曲目にDA PUMPの『U.S.A.』を入れた。店員がドリンクを持ってきて扉を開けるから、最初は中断されてもいいような曲で始めるのだと言いながら。なるほどと思った。今回はドリンクバーのある店だから、食べ物やお酒を頼まない限りは店員に邪魔されることはない。

悩んで一曲目を入れ、画面に曲名が表示されたところで、拠は星子の頼んだウーロン茶と、自分にはホットコーヒーを持って戻ってきた。

「あ、コーヒーあるんだ」星子の声はマイクごしでエコーがかかった。

「あるけど、不味(まず)いよ」拠はおかしいことをいう。

「じゃあ、なんであんた、コーヒー選んだの」エコーのかかったマイクで普通の会話をするのは——そうしてみて初めて分かるが——恥ずかしい。

「私は不味くないから。大人はもっといいコーヒー飲んでるじゃん」舌が肥えていて、文句をいうだろう、ということか。家ではそうだけど、別にファミレスのコーヒーだって飲む。

「私も不味くないよ」抗弁の日本語が変になる。

「お。やるねえ」そこで画面に大きく表示された曲タイトルを拠は褒めてくれた。TOKIO『AMBITIOUS JAPAN!』。

なにが「やるねえ」なのか。マイナー調から一転、明るくなるイントロ。作曲・筒美京平か。いい仕事してる！

「よーし、まずは『そういう感じ』ね？」

「別に、いい曲だから。他意はないよ、他意は……あっ」言い訳をしていたら、歌い出しを逃してしまった。拠は「そっちがそうきたなら、受けて立つ」みたいな謎の気合いを顔にみなぎらせデンモクに集中し始めた。

Be ambitious!　我が友よ　冒険者よ
Be ambitious!　旅立つ人よ　勇者であれ

サビを歌いあげてみると「他意はない」つもりだったのに、まっすぐに「我が友」を歌う詞だったことで、歌い手にまつわる昨年の「大ゴシップ」をついつい思い出し二人、目を見合わせた。

気を取り直して二番を歌いながら、拠をみた。抑え気味の照明の室内で、ソファに深く腰を掛け、細い脚の上のデンモクをみつめている。母親の歌声にはまるで真剣に耳を傾けたり手拍子をとったりしていなくて、よかった。カラオケは、ただ歌う娯楽ではない、社交の一種だ。でもそれは建前でもある。誰かが歌い始めたのを熱心に「傾聴」するというよりは、適度に聴き、適度に拍手をして、それぞれの歌いたい欲を叶えあう。カラオケのそういう部分が嫌だという人もいる。自慰行為の見せ合いじゃないか、と。

いや、そんなことはないし、誰もが適当に聞き流してくれていることが、すごく独自ですごくよい点じゃないか。熱心に傾聴される方が、よほど嫌。

歌いながら、自分の方をみていない拠を存分にみる。こないだはスーパー銭湯で、友人の衰えをみたくてみた。

Be ambitious!　旅立つ人に　栄光あれ

「……ビアンビシャース！」歌いながら思う。今度は「若さ」をみたいのかな。違う。

彼女の若さなんてものは日々ともに暮らすだけで様々に感受している。では親として、案じているのか。それも違うな。案じてはいるけども、今まじまじと「顔をみたい」理由はそれだけでもない気がする。歌が終わると「消費カロリー」が画面の右下に表示されて――それが高いのか低いのか、出るたびいつも分からないが――拠は「おぉ」と手を叩いてくれた。

星子は「筒美京平しばり」で次の曲を考え始めていたが、拠の予約した二曲目の題名が画面上に表示される。『CAN YOU CELEBRATE？』か。ふむ。

志保だったら（一曲目をみての）二曲目は「逮捕しばり」で絶対に電気グルーヴだった（いや、彼女は電気のファンだったから、むしろ選曲しないかも）。拠は単純に「平成を総括する」選曲を考えたのだろう。もう昨年からテレビなどでさんざん平成の総括をされてお腹一杯ではあるが、発表されたばかりの新元号にもまだぽかんとするばかりだったから、初の親子カラオケで前時代の総括をするのも悪くない趣向だ。

「無理して昔の安室ちゃんにしなくていいのに」

「じゃあ、最近のも歌う。お母さんこそ、昭和の歌歌ってよ」

「うん」デンモクに目を落としながら、拠の歌声をちゃんと聞くの、そういえば初めてだと気付く。幼稚園の発表会や学芸会の合唱は聞いたが、「ソロ」はない。……ソロというのもなんだか変な把握だが。

イントロとともに二人、かしこまった。「本人映像」だったからだ。大画面のおかげで段を下りてくる安室ちゃんは等身大のごとき迫力。二人とも見惚（みと）れた。サビ始まりだ。あわてて拠が歌い始める。

Can you celebrate?
Can you kiss me tonight?
We will love long long time
永遠ていう言葉なんて　知らなかったよね

思ったよりかすれた、大人びた声。今度は自然に横顔をみた。あなたはそんな歌声なんだと、ただしみじみした。それから二人、交互に何曲か歌った。最初は互いを意識して、相手も知っているであろう歌を、それから互いの知らない歌――槻はなにかゲームの主題歌、星子は前回志保が歌ってよかった研ナオコ――を歌い、充実した気分のままトイレに立った。

廊下で星子の思考は過去に囚われる。さっき槻が歌唱した安室奈美恵、星子が若いころ既に大人気だった安室ちゃんの、とりわけ大ヒットしたあの曲の「永遠『ていう』」が、星子には気にくわなかった。あのころアムラーとかコギャルが流行ったけど、安室奈美恵は彼女らよりもはるかに聡明そうに（勝手に）みえていた。なのに「永遠ていう」だけは頭の悪い感じがして、どうにもいただけん。

今は、別になんの腹も立たない。

あれから二十年以上たった。歌詞の「ていう」にムカついてから。カラオケボックスのモニター画面で、大きく白抜きで表示される文字が気付かせたのだ。

ブラウン管だったテレビは物体そのものが入れ替わり、歌本はひっそりとなくなり、「更新」が目にみえるが、この一人で歩く廊下だけは二十年間、変わった気がしない。だから、二十年前のどうでもよい怒りを廊下で思い出したのか。

二十年前は歌詞の小さな一節に限らず、あのころは自分の好きなものをもっと熱く好きで、嫌いなものをちゃんと嫌いだったな。当時は景気が良かったから表現にもメリハリがあって好悪(こうお)の情を抱きやすかったのか。

そうではない、加齢で必ず丸くなってしまう。同じ廊下にいて同じように歩を運びながら、歌を唄って気分の良かったはずの自分をまるまる部屋に置いてきたような錯覚がする。トイレの帰り、ファミリーレストランに設置されているのと同じドリンクサーバーにカップをセットし、ホットコーヒーのボタンを押す。

「大人はいいコーヒーを飲む」って言葉、はっとする。たしかに。

今度、年下の男の子と映画を観る。メッセージアプリのやり取りを経て今日、そういうことになった。映画からの流れで、食事をするかもしれない(「普通」デートなら、そうだ)。年齢差からして普通ではないので、なくても驚かないが、もし食事になったら、いろいろ気を遣わせないようにしないといけない。

もっとも、若いといっても彼、たぶん成人してるだろう。しててくれ。でないと今話題の「ママ活」になっちゃうじゃんか。コーヒーを手に部屋に戻ると挑は電話をしていた。

「もう、いいよ、分かったってば……」星子の顔をちらと窺うので退室しようとしたら手で制される。

「またね、こっちからあとでね、もう……じゃあね、うん」メッセージアプリが浸透してから若者はもっぱらそればかりで、電話をする姿が珍しい。ドラマの役者がスマートフォンを持っているのにやたら電話し合っていると、脚本家が古いなあと思うようになった。

受け答えする拠は迷惑そうな口調だが、なんだか照れ臭そう。とにかく、これまでみたことのない表情。誰と話しているか、こちらからは問うまいと決め、星子は持ってきたコーヒーを口に含む。

（本当だ、不味っ）電話を切った拠はスマートフォンを耳から離すと、いきなり口角をあげた。

「イーッヒッヒ！」

「なにそれ」

「お母さんの真似。お母さんなにかごまかすとき絶対笑うじゃん。その真似だよ」言い返すとき特有の、もう聞きなれた拠の早口。ってことは、なにかをごまかしたんだ。

「私のは『ねるねるねるね』の真似だよ。『ねるねるねるねはこうやって……ウマーイ』テーテッテレー！　の」往年の、駄菓子のコマーシャルの中の魔女。

「さっきの歌いい曲だね、研ナオコ」拠は星子の語った「元ネタ」を無視。とにかく、ごまかされておいてね、ということだな。

拠は新学期からは理系のクラスになる。男だらけだよもう、教室臭いかなあと不安がってる。理系で数学を学び、「なれたら」宇宙開発の技術者になる。星子はへぇ、と思っている。

交互に歌い、星子は再びトイレに立った（トイレが近いのだ）。いいじゃないの、なんでも目指しな。最初に聞いたとき、そう告げた。かさむ学費を、少しも重版しない自分の何冊かの本のことを思い、夜中に鏡の前で頬を叩いた。今も一人、寂しい廊下を歩きながら思っている。いいじゃないの、なんでも目指しな。挫折したっていい。

「永遠ていう言葉なんて……」そっと口ずさんでみる。

「……知らなかったよね」もし知っていても、永遠はないんだよ。窓がないからみえないが、外は暗いだろう。急だけど、今から志保を呼ぼうかな。拠もきっと喜ぶ。

第二話　丸くなってます

「えーと……端でもよい？」星子が振り向くと、称君(かなう)はかがみこむように画面を覗き込んだ。画面には座席表が表示されていて、次の上映は五分の入りといったところ。

「いいですよ、僕はどこでも」

「では、Ｉの……４と５」透明のアクリル板越しのチケット係に告げる。

「Ｉの４番５番ですね」小さなスピーカーからの、その小ささのせいで声音(こわね)まで縮まっているような女の復唱を聞きながら、星子は紙幣を取り出した。

映画館で座席の希望を伝えることに、ようやく慣れた。自由席だった時代――中学生のときに映画が好きになり、よく観るようになって二十数年そうだった――に、座席の希望は特になかった。ステーキにかけるソースを、デミグラスか和風かガーリックかと問われるとき、迷いなく星子は希望を告げる。それに対して座席の希望って、自信がもてない。「どこでもいいです」と答えてもいいのだろうが、最近は端の方の席に座るようにしている。星子は映画館の真ん中でなければ画面が観にくいと感じることがない。それに中央にいれば画面のすべてに目を凝らせるとも思えないのだ。

だいたいいつも、なにかを見逃す。

「あ、僕、学生証あるんやった」称君がポケットからカードケースを取り出し、星子はその言葉に驚いた。

「学生だったんだ！」本当は関西訛り(なま)にも少し驚いていたが、驚きを二個、一時(いちどき)にいうのは難しい。

「院ですよ、大学院」

「あ、そうなんだ、ああそう」先月のことを慌てて思い出そうとする。

抛とのカラオケ中に受けたメッセージの返信で、年齢は尋ねてみた。その際に二十四歳と知っただけで社会人と決めつけてしまった。引っ越し屋のバイトをしていることは、その際のやりとりで把握した。引っ越しシーズンが一段落した四月初旬に二人で落ち合い、映画を観た。そのとき彼には友達との約束があって、劇場の外で別れた。すぐにまた**〔一緒に観ましょう〕**と誘いがあったが、つまりこれらの誘いは「デート」ではなく、彼は映画好きなんだと思えた。初めて会ったのがそもそも映画館だ。

前回、彼は学生証を出さなかったはず……ああそうか、前回はタダ券だったから。遅れて理解が訪れて、それでも称君の顔をみてしまう。

「？」

「大学院生だったんだ」

「そうですよ、もうこの春で二年生」そしてもう、訛りはみせない。過去二回会話したときも、もしかしてと思う瞬間があったが、指摘しない方がいいのかもしれない。以前ある人との会話で、東北訛りを語尾に感じて尋ねたら「やっぱり分かっちゃいますか」としょげられたことがある。

「そうかあ」

「え、なんですか？」疑問形だが称君はさして戸惑っていない風に笑った。綺麗な歯並び。

「いや」なにも問題はない。むしろ星子の方が、意図して職業を隠している。作家は地味な仕事なのに、過剰に物珍しがられてしまうから。

二人分の紙幣に対して七百円返ってくる。「一般」は千八百円だから、「学生の」彼に返すのは……簡単な引き算が咄嗟にできない。二人でエスカレーターで上階に向かう。シネコンは、それが出てきたときからずっと苦手だったが、もう観たい映画がそこでしかかからないのならば仕方ない。前に立った称君の背の高さ、細さに感じ入る。肩幅があるけど、むちむちしていない。シャツの襟からわずかにみえる立派な鎖骨と、裏腹に薄い体。

「あ、五百円」やっと計算できて手渡す。学割を活用する学生には、きちんと返さないと。

星子は小説を書くときよくアテ書きをする。本気で映像化を考えてではない、ネットのドラマやテレビで覚えた俳優やタレントを、安直にモデルにするのだ。

だけど、今構想中の小説では諦めた。SFのような設定で、一九八〇年代の若い男が二十一世紀の今を生きる筋だが、今のどの役者も顔の小ささや体格が当時と違いすぎる。

称君も、一九八〇年代には絶対にいない。恋人や男友達と映画を観たことは過去に何度もある。でも、それはこんな生き物じゃなかった。自分が急に未来にきて、未知の肉体とエスカレーターで運ばれている気がしてくる。

二人で二度目の（厳密には三度目の）映画鑑賞だ。

「『ロボコップ』すごいっすね、ごついわあ」前回はリバイバル4K上映の、星子の学生時代のアクション映画に称君は素朴に（関西弁をぽろっと出しながら）興奮していた。

二人が知り合ったのも映画館で、だからこのときの映画は「二人で」ではない、言うなれば「一人と一人で」観た。この出会いは、映画を観た体験と不可分に記憶されることになった。二月の夕暮れの、地下に降りるミニシアターだった。シネコンでなくても今は座席を指定できる。このときはたまたま、星子は真ん中の席をとった。座席表がけっこうガラガラだったので、端がふさがることを想定しなかったのだ。

ブザーが鳴り照明が落ち、公開予定の映画の予告編がいくつか繰り返された。やがて幕が左右に動いてスクリーンのサイズが広がった。映画鑑賞のお定まりのルーティンだ。

画面中央に制作会社のロゴがいくつか表示されては消える、その間、ずっと無音だった。星子はひざ掛けがわりのコートをガサガサいわせないように持ち上げ、少し緊張して唾を飲み込んだ。数席離れた隣でも、唾を飲み込む音が聞こえた気がしてふと目をやると、若い男の喉仏が暗闇でもかすかに動いた気がした。音と動きとずれたのか、二度唾を飲み込んだのか。単に動いた気がしただけだろうとすぐに了解した。

最初に出てきたのは画面いっぱいの雲だった。

雲の上に青空があるので、かなり上空のようだ。

続けて画面の真ん中に真っ赤なセスナ機が現れた。飛行中のセスナを空撮していると分かる。

無音のまま、雲の上をセスナは滑空し、カメラはそれを追う。

白い書体で映画制作会社の名が現れて消え、それよりも大きな字で、映画の題名が現れた。

題名が消えてもなお、無音は続いた。劇場内の誰かが控えめな咳をした。十人もいただろうか。真ん中だけでない、バラバラに散っているようだ。

途切れた雲の隙間をセスナが下降すると、海が現れた。役者の名前がセスナの飛行を邪魔しない位置を選んで、次々と表示されては消えていく。その後も、映画自体からは音が相変わらずない、静寂のままスターの紹介が続いた。

陽光を受けて海はきらめき、おだやかだった。セスナの赤も、くっきりとした鮮烈さを帯びた。

なめらかなセスナの移動とともに、主演から助演、有名な役者、まるで知らない役者、聞いたことくらいはある役者と、表示はごく静かに――なにしろ無音だから――切り替わっていく。

セスナは優雅に右に旋回してカットが変わり、左に旋回してカットが変わり、そうしているうち、だんだんと陸地に近づいていることが分かってきた。さらに、セスナの尾翼の先に紐がみえることに気付く。飛行機はなにかを引っ張っているのらしい。カメラは、それをみせようとしない。

役者の紹介が終わるとキャスティング、ミュージック、コ・プロデューサー……どんな仕事なのかよく分からないが役者と同じくらいに重要なのであろう役職とその名が、画面の脇に表示されては消えていく。これもまた映画のルーティンだ。

海の先に陸地がみえた。島のようだ。セスナの向かう先の湾岸に、リゾートホテルらしい真っ白い、豪奢な建物がみえる。そこでカットが――やっと――室内に切り替わる。

また誰かが、今度ははっきりとした咳をした。いつか音が出たときにと我慢していて、だがまだまだ当分は無音の演出が続くと判断し、我慢するのをやめたのだろう。

星子も痰がからんでるのを我慢していたから、気持ちが分かった。

大きな窓のある暗い室内に、やっと「人物」が登場した。中年男が寝ている。ベッドからもぞもぞと動き出した。脇には原作、脚本、そしてプロデューサーの名前。

そろそろ、監督の名だ。それが表示されたら「終わる」だろう。いや、映画が終わるわけがない――無音でセスナが飛んだだけで終わってしまったらすごい映画だ――逆だ、監督の名が表示されたら映画が「始まる」。

映画というもののほとんどは、監督名を表示させたら「始まる」。それまでももちろん「始まっている」のだが、なんというか、始まってはいるけど、まだ向こうも向こうで、筋を始めるというよりは「映画気分を盛り上げてま－す」みたいな風で――実際、この映画の場合はずっと無音だし――この画面で起こっているのもセスナが飛んで役者やスタッフを紹介しているだけだ。星子の一つ前の席の人が「真の始まり」を――監督の名前が表示されるのを――待ち構えるように唾を飲む音が聞こえた。

画面内では男が目を覚ました。疲れ切った表情だ。二日酔いだろうか、よろよろと立ち上がり、それでも起きようという意思を示すかのように、大きい窓にかかったカーテンを引き上げた。

陽光が男を包む。その刹那、至近を右から左に飛び去るセスナ！

セスナはずっと、宣伝の幕を引っ張っていたのだ。長い長い幕が右から左にと飛び去る。飛行機の去り方は、まるでこの男一人だけに幕をみせるため、カーテンが開くタイミングを慎重に計りながら遠くからわざわざ飛行してきたかのようだった。

幕にあわせて、初めて画面下に日本語の「字幕」が流れた。「クルーガー&ブレッドカンパニーは、ミネバ島再開発を応援します！」。

なんのことか分かるわけはないが、これは以後のストーリーに関わる文言であるのは間違いない……。

そこでブツリとなにかを切断したような音が鳴り、スクリーンの映像が消えた。反対の、客席後方から、別種の明かりを感じ取る。場内の照明もついた。

同時にスピーカーからではない、背後から肉声が大きく響き、星子は混乱する。

「すみません！　音声トラブルです。最初からかけなおします。すみません！」

劇場のスタッフがお詫びを告げ、場内は初めてざわついた。星子は喉を鳴らしてから、隣の——といっても割とすいていた場内で数席離れた——男と目を合わせた。

男はうんと頷いてみせた。なにがうん、なのか。星子も頷き返す。役者のように綺麗な若い男だ。

場内が再び暗くなり、二度目のブザーはバツが悪そうに響いた。暗くなってさあ「リテイク」というところで、またさっきのように、今度はふとではなく、男の方をみた。

かけなおしの映画には最初から音楽がついていた。今度の上映は無事に終わり星子はコートを着込み、薄着の若い男と並んで劇場のドアをくぐり、並んで出口に向かった。席が隣だったから、帰り支度と歩く速度がそろったら、並ぶのは不思議ではない。廊下の先に映画館のスタッフが立っていて、出てくる客全員になにか配っている。

「この度はすみませんでした」スタッフが詫びの言葉とともに寄越す紙片を二人も相次いで受け取った。

「次回お使いになれる無料券です」

「あ、どうも」ラッキーという気持ちになる。続く男も受け取り、映画を観る前から知り合いだったような自然さで星子に語りかけてきた。

「なんか、変な気持ちですね」

「ね」

「なんだろう、なんか……僕たちって今、損をしたんですかね」そうそう、星子は頷いてみせる。こっちは反射的に「ラッキー」と思い、向こうは向こうでお詫びをしている。変だ。

　階段をあがると日が暮れており、気温もさらに下がっている。男は「さむー」と白い息を吐き、鞄からネックウォーマーを取り出して身に着けた。足りないよ、と思うが、きっと大丈夫なんだろう。このときは夜の雑踏の暗さのせいか少し無機的な――娘の拠が遊んでいるプレイステーション4のゲームの中のCGの――美青年を想起した。

　映画館で不思議な体験を共有したことで、雑踏を歩きながら二人の話は盛り上がった。別れ際にメッセージアプリでつながるのもすんなりと自然だった（本当はアタフタしたが、それはQRコードを画面に表示させる作業に戸惑っただけだ）。実際には、メッセージを送り合うことはないだろうと思っていた。

「星子って綺麗な名前ですね」先方のスマホに伝わった名前をすぐに褒められ、星子の頬は赤くなった。

「かなう？」星子は星子で、自分の画面に表示された平仮名三字を読み上げた。

「一人称の称でかなうっていう名前なんです」へえ、称君。情報とともに、なにか大切なものを四角いスマートフォンという箱に贈りあったという甘い錯覚があった。

シネコンのエスカレーターを降りたところでスマートフォンがメッセージを受信する。送信者をみて驚き、確認する。

〔相談あり。会えるかな〕

「どうしたんですか」

「なんでもない」もうずいぶん連絡も取り合ってないのに、なんだなんだ？　変なタイミングで。

「目、丸ーくなってますやん」

「別れた夫から」反射的に、本当のことをいった。いった後、称君とあわせている自分の目がまた一段階、丸くなった気がした。

第四話　探しものがあるのではなく

「お父さんまた再婚するって。相手アメリカ人だって」

「あんた、なんで知ってるの！」ハンドルを切りそこない……はしなかったが、星子は気色ばんだ。

「さっきフェイスブックで発表してたさ」助手席の拠の答えは簡単なものだった。

「なんだ、そっか」直前に自分が発した「なんで知ってるの！」の迫力がバカらしくなる。

元夫の基雄と星子は、離婚する際に財産分けならぬＳＮＳ分けをした。険悪ではなかったが、円満な離婚というわけでもなく、お互いの「顔」を——たとえネットでも——みるのはなんだか気まずい。とはいえ大震災を経た今、ＳＮＳの友人とのつながりを絶つこともできかねた。それで、星子はほとんど更新していなかったフェイスブックをやめてツイッターだけに絞り、基雄は頻繁に更新していたフェイスブックを続けることになった。

拠は少し前から匿名で実父のフェイスブックをみている。ただ面白がってるだけのようだが、オソロシーと思う。拠がではない、この世の仕組みがオソロシー。お父さん、また行列のできる店のパンケーキ食べてる、お父さん新型のスズキジムニーに買い替えるか悩んでる。似合わなーい……。

本人が全世界に公表しているのだからこんな感想を抱くのは間違いなのだが、なんというか、その、人生が筒抜けじゃないか！

　摂は車に酔わないようにスマートフォンを頭の高さに掲げながらいじり続けている。

「さすがに知ってたんだ。あ、ぶっちょいる？」

「いる。久しぶりに連絡あって」むしろ、摂に彼の再々婚をどう伝えようかと考えていたのに。元夫は、星子と別れて再婚した相手とは一年ちょっとで別れたらしい。なにやってんだか、くらいに思っていたが。

「お父さんに会ったんだ」

「こないだね」つい先日だ。なんでも、日本で国際結婚をするにあたり戸籍謄本を取り寄せようとしたが、本籍地を忘れてしまい、申請先の住所が分からなくなってしまったという。

「俺、あなたと結婚したとき、本籍をそっちにしなかったっけか」

「してないでしょう」

「そうだよねえ」都心のカフェで基雄は腕組みをしてみせた。数年ぶりの元夫はさほど老けていなかった。会わないうちに印象が薄れて、新たな人をみている気持ちでもあった。物のいい――ファストファッションではない――カーディガンをはおっていて、今でも身ぎれいであることには、なんだかほっとした。円満だったわけではないが、険悪だったわけでもないから、ボロボロに荒んでいたら心配になる。

「俺、あのころ実家と仲が悪くて、届けるときにその場のノリでそうしちゃった気がするんだよ。

万一だけど、当時の書類の写しとか持ってないかと思って」

「書類って、婚姻届？　婚姻届のコピーなんか取るわけないじゃん」

「そうだよねえ」二度目の結婚相手じゃないの？　そんな浮かれたことするの、と言いかけて、それは言わなかった。一応、自分の本籍地を調べ、あとでメールで教えておいた。

「お父さん元気だった？」

「元気だったよ」拠の問いに答えてから違和感を抱く。だって、彼が元気かどうか、私よりも知ってるじゃないか、フェイスブックで。拠は、お父さんに会いたくないんだろうか。

「俺、少し前に病気してさ……といっても、大したことなかったんだけど、入院して。そのとき自分に似合わないことだけど、人生みつめなおしたっていうか、もう少し真面目に生きようと思うようになって」基雄は殊勝なこともいっていた。再々婚と、妙な頼みをすることの言い訳だったかもしれないが、言い訳される必要も筋合いもない。

　だから「分かるよ」とだけいって微笑(ほほえ)んだ。

「分かるんだ」基雄は感心したような口調になった。打ち合わせが控えていたので、お茶いっぱいだけの短時間で別れた。直後に称君からメッセージがきた。**〔無事でした？〕**と文言がおおげさだ。別に取って食われるわけではないのに。あの日、シネコンでまん丸い目をみせたから心配してくれているのか。**〔次、また映画のときに話すね〕**という返信には了解を示すスタンプが返ってきた。具体的には「次」はどちらからも定めていない。

　赤信号になり、拠が四角い飴の包みを解いたのがみえたので、星子はハンドルを握ったまま拠の方を向いて口をあけた。が、拠は口に入れてくれない。そういうのいいから、さっさと手を出しなという雰囲気を醸し出している。

「あの、『ぷっちょ』のコマーシャルの美少女みたくさ。あーんって……」

「やらないよ。あと、橋本環奈ちゃんがぷっちょ喰わせてくれる神CMはもう終わったからね」ちぇっ。しぶしぶ左手で受け取って頬張る。

「あれ、終わったのか、じゃあ、あの『VRゴーグルプレゼント』も?」頭部に装着すると、美少女タレントが菓子をあーんと食べさせてくれる立体動画と、ロボットアームの動きが連動して、口に菓子が押し込まれるという——バブルの時代の金のかけ方と今の時代の最新技術が融合した——恐ろしい非売品グッズがあるのだ。もし万一当選したら、書いている小説に反映させようと思っていたのだが。

「それな」今どきの言い方で拠は会話を打ち切った。甘く柔い飴をもぐもぐさせながら右折レーンに入る。普段みなれない東東京の景色を進むうち、志保のマンションが近づいてきたことをカーナビが知らせてきた。「満か空か満か空か」は今回は気にしなくてよい。志保がマンションの客用駐車場をとってくれているから(……その駐車の難度が高い可能性があるんだが)。

拠が一瞬だけ「あ」と声をあげたのはカーラジオでかかった曲が、先月までハマっていたドラマの主題歌だからだ。ザ・クロマニヨンズの新曲。ラジオの嬉しさを思い出す。おんぼろ車のCDプレーヤーは少し前に壊れてしまっていた。古い、受け身のメディアだけども、こうして不意を打ってくれる楽しさは不変だ。星子は音量をあげた。拠のためでなく、自分が聞きたくて。

黄土色のサファリルック
中南米あたりの探検家
捕虫網と虫眼鏡とカメラ

だんだんでなく、いきなり胸をうつ甲本ヒロトの声。「黄土色の」なんて始まりの歌詞も、おおど、いろの、と区切った歌い方も、他の誰もしない。かつて出し抜けに「ドブネズミみたいに美しくなりたい」と歌われた、星子の中学時代からのスーパースター。どの曲も明るいコード進行なのに「悲壮」という語が浮かぶボーカルだ。

探しものが　あるのではなく
出会うものすべてを　待っていた

「……見たいものと、見せたいものばかり」隣で拠がかすれた小声で口ずさむ。大人びた横顔。車は大きな勝鬨橋（かちどきばし）に入り、歌詞に応じるように星子は少し速度を下げた。渡るのは隅田川だけど、この橋からは水平線がみえる。曇天だけど、遠いけど、海だ。

エントランスで呼び鈴を押すときから、拠は高揚しているようだった。家の人に入り口を解錠してもらうタイプの建物に入ったことがなかったのかもしれない。抛の友達に会ったことはあるが、その友達がどんな家に住んでいるかまでは知る機会がそうはない。小学校低学年のときにお呼ばれしたときはその子の家の前まで付き添ったっけ。当時はまだストリートビューも広まっておらず、印刷した地図を持たせるだけでは不安だったのだ。あれは立派な、だけど一軒家だった。四十代半ばの星子だって、未だに慣れない。

「今開けるねー」と志保の声が響き、同時に遠隔操作で自動ドアが開く。

呼び鈴にカメラがついている家も珍しくなくなった。カメラがついている家の呼び鈴を押すとき、今でも少し気まずい。特にお呼ばれで、すでにパーティが始まっているとき。家の外の自分より、間違いなく向こうはくつろいでいて、スピーカーの遠くからは笑い声まじりのざわめきが聞こえる。ドアホンの受話器を取って「はい」と口に出した家の人の、その「はい」も必ず、笑いまじりだ。あ、星子さんきた、星子さんだ、という、あの笑いは「喜び」なのだろう。

それなのに、あの瞬間ドアの前で感じる寂しさに似た気持ち、あれはなんなんだ。自分も中に入れば打ち解けたくつろぎに混ざる。混ざったらもう、そんな気持ちは雲散霧消してしまうのだが。

ドアを開けてくれた志保の顔は、少し前に会った元夫をなぜか思わせた。同じ、照れくさそうな顔。もっとも、結婚の喜びや充実でなく、こっちは悲しみの号泣を経ての照れだ。

「悪いねえ、もうさすがに立ち直ってるけどね」

「まあ、そうだろうけど、口実だから、はいこれ」ケーキの箱を手渡す。

四月の初め、不意にカラオケに誘ったときの志保の返信は、とてもそれどころではない憔悴ぶりをみせていた。メッセージアプリの、漫画のフキダシのようなものに包まれた言葉では、悲しい気持ちとか怒りの量が正しく伝わらないときがある。志保はその少し前にピエール瀧が逮捕されてから、ショックのあまり会社を休んでしまったという。ツイッターでも悲嘆に満ちたつぶやきをみせていたから「分かっていた」つもりだったのだが。

「ごめん、まだ瀧さんのことがショックで、カラオケとか無理かも」というメッセージには「そっか、ごめん」と返信したのだが、志保の方で語りたい気持ちが溢れたのか、夜中に電話をよこした。

「もちろん好きだったんだけども……逮捕されてみて、もっとこう、自分の人生に大事な存在だったことが分かったっていうか」グスッとかグズグズと鼻をすする音をまじらせて嗚咽する志保の声に、うん、うん、分かるよとか優しい相槌を繰り出しているうち、なんか変だなと思った。

恋人にフラれたときじゃないか。こういう態度をとるのは、普通。「スーパー銭湯だ、ワーイ」とかでなくて。大体、ピエール瀧と志保は恋人同士でもなんでもない。

「抛ちゃん久しぶり！」ドアを開けてくれた志保はもう憔悴していない。目も赤くない。

「お邪魔しまーす、わあ、いいなあ」抛は室内をきょろきょろ見回す。志保は抛の幼いときからの遊び相手で、憧れだ。綺麗なこのマンションが賃貸でなく買ったものだということにも、いつか尊敬を抱くだろう。

「実家箱とか全然ない！」キッチンカウンターの「面」がみえていること自体、整理整頓されているということだ。

「なにそれ」

「え、志保、『実家箱』知らない？」

「志保さん知らなくていいよ、お母さんのオリジナル語なんだから」

「違うよ、ネットの『デイリーポータルZ』で流行ったんだよ、実家箱」母子の掛け合いを聞き流しながら志保はキッチンに立った。

「実家箱っていうのは、車のカギとか、帰り道に買ったけど全部食べ切ってない喉飴とか、輪ゴムとかライターとか、そういう生活の上で必要だけど、どこにも分類できない物がなんとなーく、その家の人たちの無言の総意で入れておくことになっていったカゴというか……」説明しながら、そういう箱とかカゴが本当にないかどうか目を走らせていたら、そんなゴチャゴチャしたものではなく、壁に取りつけられた白木の棚にかわいいコケシと、写真と、円筒形の陶器の入れ物をみつける。写真は遺影のようだ。

「志保、あれって」

「ああ、母さん。亡くなったんだ最近」

「あ、そうだったんだ」それはそれは。拠が小さな遺影をそっと手に取った。

「志保さんのお母さん？」

「そう。葬式後の手続きがこれが大変でさー、あ、紅茶でいいよね？　そのクッションに座ってね」

「うん……」声の調子をお悔やみ風に落としたまま着席して星子は、つい浮かんだ疑問を口にした。

「お母さん亡くなったのって……」

「あ、先週」

「言ってよ！」聞く前から、なんだかそんな気がしていた。

「うん、なんか、気を遣わせるじゃん」言わなかったけど、うちの母、前から寝たきりが続いてて、弟も私もずっと覚悟してたし、それより実家をどう分けるかが今は大問題よ。ケーキのクリームのついたナイフをキッチンで――それで実家を分けるかのように――かざしてみせる。拠はというと、クッションに座ったまま、話の成り行きがまだ分からないと踏んで神妙さは維持したものの、口はいつでも笑い出しそうに二人をうかがっていた。

　星子はというと、すっかり神妙さを失って、とりあえずぽかんと開きそうな口を意識して閉じた。好きなタレントが逮捕されたことのショックの方が、恋人にフラれたりましてや実母が亡くなることより悲しい。そういうものか。

　それとも悲しさの量は、とってみせる態度とは別だろうか。

「でも、そうか。大変だったね」あまりにぎやかにツッコミを入れるのはよして、受け取った紅茶をゆっくりと飲むことにしたのは、遺影のお母様と目があったから。

「本当。厄年はとっくに終わったし、ゲッターズさんの占いでも『四月から絶好調』なはずなんだが」『婦人公論』のページに付箋が貼ってあるのを渡してよこした。先月の号だ。どれどれ。志保は「金のカメレオン」か（星座じゃないんだ）。志保が占いを気にすることも、『婦人公論』を購読していることも、意外なようで、似合っているようで、なんだかすぐに判断がつかない。運気の上の「基本的な性格」につい目がいく。

「なになに、金のカメレオンは『しっかりした性格で、知的な大人タイプ……』」誌面と志保の顔とを交互にみやる。

「まあねぇ」志保はジノリの皿に分厚く切ったケーキを載せてきた。

「……『気は優しくて力持ち』」

「そんなこと書いてない。それ『ドカベン』の歌でしょ！」

「ねえ志保さん、今度こそカラオケにいこうよ」受け取ったケーキを一口食べて、その美味しさで拠は勢いづいたように誘った。

「いいねえ、よし」志保もなにか大事なことを決意したみたいに、勢いよくうなずいた。

「我々にはレジャーが必要だ」志保は宣言するように言い放った。それはいつかの銭湯での神々しさを無駄にたたえ、拠は大賛同の笑みを浮かべた。星子もあわせて笑いながら、同時に静まった気持ちにもなっていた。窓からの夕日が遺影と円筒形の小さな骨壷に差しかかっており、あの光は海に沈む日だろうか陸に沈む日だろうかということがなぜか気にかかった。

第五話　はぁって言う現実

志保の家から三人でカラオケに向かう。もう拠と二人きりでカラオケなんかしないかも……なんてしみじみしたのは今月の初めのことだったが。今回は二人きりではないものの、拠、遊び過ぎじゃないか。明日も学校と塾とあるんだよね。親と遊んでばっかりでいいのかなと心配もよぎる。よぎっていたら

「ところで〆切はいいの、先生」助手席の志保が星子を心配してきた。

「ハハハ」笑って答えずに星子はキーを回す。新連載の冒頭を少し、ここに来る前やっと書いたところだ。

「まだあんたが小説家って、ぴんときてないもんなー、私」

エンジンをかけてミラーを覗くとき、自分が書いたばかりの、小説の冒頭を思い出す。

過去を歩く未来　第一話

善財星子

　スクリーンの中でメリーゴーラウンドが回っている。白黒の画面で無音だった。馬車の上の女の子が手を振って、画面左に消え、また右からあらわれ、同じ笑顔を向けて手を振っている。しばらくしてカットが変わる。父親と思しきベレー帽の男が笑顔で手を振り返す。なにか声をかけているが、無音なのでなにを言っているのかは分からない。

　いわゆる無声映画だったかと思って観ていたら突然、スクリーンが真っ黒になり、上映が中断されたことが分かった。

「手違いです、音声トラブルです。もう一度最初から上映します」劇場後方から声がかかった。なんだ、とトオルは思った。

　それから、記憶がない。映画の内容も、メリーゴーラウンドしか覚えていない。気付けば映画館を出て、漫然と歩いていた。

　割とすぐ、異変に気付いた。すれ違う子供の靴底が光ったので思わず振り向いた。見間違いではなく、靴底がチカチカと光っている。それから、道行く人の靴が気になってきた。なんだか、みたことのない材質の靴を履いている人が多い。繁華街を歩き、みたことのない店やビルに焦りが増していった。あれ、これって。まさかとは思うけども。

（今は何年の何月何日ですか）トオルは映画やアニメでよくみるやり取りを心で反芻(はんすう)した。映画の中でタイムスリップした男が、道行く人を捕まえて乱暴な調子で尋ね、日付だけしか教えてくれない相手に対し、間髪いれずに問いただす。

「何年の！」心の中でそのセリフを思った瞬間、ビル壁面の大きなポスターに「２０１９年７月発売」と書かれているのが目に入った。

「うわあ」トオルはそう声に出し、唾を呑んだ。


「……そういえば、今度のやつは、前の会社の近所が出てくるよ。あのほら、ミニシアターのあたり」

「へえ」

「そもそも、二人が昔いたのってなにをする会社だったの」拠が後部座席から口を挟んできた。

志保と星子は同じ職場の同期だった。職種も説明したことはあるが、幼いころには拠も理解できなかっただろう。「地図を作製する会社」と改めて教えると、へえと声をあげたものの、どんな仕事なのかやはり具体的には思い浮かべられないようだった。それはそうだ、まだ社会人経験がないのだから。

「大変だったなあ、測量」志保は拠に断って飴を一口頬張ってからボケて、シートベルトを引き伸ばした。

「ね。猛暑のときとか本当に地獄」サイドブレーキを外し、星子も調子をあわせた。車は志保のマンションを出て、夜の街に進みだす。

「当時はオバサンバイザーもなかったから」

「なにそれ……ああ、あのやつね」すぐに、おばさんが自転車漕ぐときに頭部につけている黒い覆いのような、角を曲がっていきなり遭遇するとギョッとするあれのことと気づき――きっとネット発なのだろうが――いい造語だなあと感じ入る。

「でも志保は、ヘルメットが意外に似合ってたけどね」そうかな。フフッと笑う志保はまんざらでもなさそう。嘘なのに。

「地獄っていうけどさ、星子は棒もって立ってるだけだったじゃん」

「ちょっと、あのね！　棒を馬鹿にしないで。大変なんだから棒。スコープみたいなの覗く方が楽でしょ」そういえば、そうだった。そうだったというのは「棒の方が大変だった」ということではない（したことない）。地図を作製する会社に勤めていたというと、大勢に「測量をしていたのか」と聞かれるのだった。測量は国家資格が必要な専門の仕事。二人がしていたのは広義の「デザイン」だ。旅行雑誌の「おすすめスポット」紹介記事に配される地図や、サラリーマン向けの手帳の巻末についてる路線図なんかの画像や、テキストまでを作る。拠を出産する前の、二十年近く前だ。当時も二、三度は測量でボケたが、ボケてみて懐かしくなる。そのボケは合コン（みたいな飲み会）で発揮されたものだ。棒棒言ってるうちに拠も嘘の気配に気づいたみたいだ。

「そういえば志保、棚に飾ってたコケシ、石原さんのでしょ」急に話題を変える。

「そうそう！　退職の時にもらったの」職場で最年長だった校正の石原さんは、コケシの収集家だった。退職の際、星子にも記念にコケシをくれた。安価なものではなさそうだし捨てずにいるものの、その存在をさっきまで忘れていた。

運転しながら、フロントガラスの向こうにかつての職場や石原さんの寡黙な姿を思い浮かべる。石原さんを思い浮かべるとき、それは必ず「スチール椅子を回転させて振り向く」姿だった。石原さんは常に机に向かって作業していた。もちろん、他の席の人と立って談笑したり歩いて移動する姿を、ときに必ずみせていたはずだが、ほとんど浮かばない。

就職しない人はその世界を具体的に思い描けないし、退職する人は退職したあとのその世界をみることができない。だけど、世界は変わらずあって、それは旅行のためのムック本が刊行され続けるのを書店でみることでも確認できたが、退職する人に先輩がコケシを贈るという——滅多に作動しない——ルーティンが引き続いていたと知ることは、石原さん個人（や、大事なものをくれる優しさ）への親近感とはまた別の感興を星子の胸にもたらした。

車は目星のカラオケのそばの、商業施設の大きな駐車場に停めることにする。

「よーいしょ」窓を開け、駐車券交付の機械まで体を伸ばして紙の「ベロ」を引っ張り取る。立体駐車場の、真円ではない、左向け左で螺旋の坂を昇るその繰り返しには、カラオケの廊下に似た「変わらなさ」が保持されている。保持されているが、カラオケの廊下と違ってそのことにゆっくり思いを致したことはない。そのとき常に、ハンドルを切るのに忙しいから。

「会社員って、昼休みにランチとかする？」拠の質問、素朴だな。

「そりゃあするよ。あーでもお弁当と半々だったかな」志保が年上なのに同期というのはつまり、中途採用だった。二人の他にもう一人、中途なのに新社会人みたいな年齢の子と三人で採用されて、だから同期ではあるが後輩を一人、二人で面倒みるような形になった。それで志保と星子の結束は強まった。二人ともバンドの好みが似ていたから、当時はライブにも一緒にいっていたが——星子にいろいろあったように——志保はマンションを買って職も変え多忙になった。ここ数年はもっぱらSNSで息災を知るだけの関係だった。

「抛ちゃんこそ、昼休みは友達となにしてんの？」

「今は『はぁって言うゲーム』」

「なにそれ」ハンドルを切る星子も初耳だ。それってゲームの名前なの、と思ったが言わない。それって人の名前なの？　それってバンドの名前なの？　そういう疑問が思い浮かんでも言わなくなって久しい。DQN（ドキュン）ネームはキラキラネームと呼び方を変え、スタジアムの呼び名も長くなって、もうかつてのようには呆れなくなったし否定的にも思わない。ただ「それって名前なの？」と「思い浮かぶ」ことだけは、やめられない。

「カードにいろいろな言葉を、いろんな感じに言えって指令が書いてあるの。たとえば『もうって言え』カードには『からかわれて』とか『イライラして』とか。解答者は『もう』だけを聞いて、どんな『もう』かを当てるの」

「へえ」声をあげたものの、具体的にはよく分からない。

「え、『はぁって言うゲーム』っていうのがゲームの名前なんだ」志保が遅れて把握する。

「そう。遊んでるとこを配信したりして」

「今は『アメペ』とか『大富豪』じゃないのか」ネットに配信することにではない、我ながら驚きポイントが古い。三階、四階には混雑を示す看板。ハンドルをたぐり、さらに螺旋を昇る。

「『ＵＮＯ』とか『たんば』じゃないんだ」志保も同調してくれる。

「たんばってなに？」今度は摂が尋ねる。

「丹波哲郎が作ったゲームだよ、ねえ？」

「うん」そんなカードゲームあったなと思い出したのが、うんと頷く寸前だ。あったなあ、たんば。あったけども、よく今それを出せるよね。不謹慎な言葉や、冗談をすぐにいえる人っておしなべて記憶力がいい。いろいろ「忘れてあげない」んだ。丹波哲郎がなにか、摂は分かるんだろうか。

「じゃあ、『アメペ』って？」

「アメリカンページワン！」そこだけ助手席の志保と二人、前を向いたまま、本当にページワンのときみたいに声が揃った。なんだか元気な三人組だなと星子は思う。ちょうど駐車しやすそうな空きがみつかった。何度か車を切り返す。志保が助手席にいると駐車するにも頼もしい。


「じゃあ今日は『あぁって言うカラオケ』にしよう」じゃあ、というのは「そっちが『はぁって言うゲーム』ならば、こっちは」ということを含意しているらしい。

「なにそれ、どうやるの」摂が部屋の隅のデンモクを――前にもみた、異様にテキパキした速さで――充電台から取り外しながら尋ねた。

「歌の中に『ＡＨ』とか『あぁ』って一瞬でもある曲しばり」

「そんなの」たくさんあるじゃん、と言いかけて星子は腕組みをした。あぁ、といえばまず浮かんだ曲はクリスタルキング『大都会』。最初に高らかに「あぁ」果てしないっていう。でも、歌うにはなんだか気恥ずかしい。

「歌詞に『あぁ』って入っている曲は、歌い甲斐のある曲が多いんだよ」志保がデンモクを操作して入れた一曲目。プリンセスプリンセス『ダイアモンド』。「あぁ」なんて入ってたっけ？　それに拠はこの曲知っているだろうか。前のカラオケで、「知らない曲歌っていいよ」と気遣われたことを思い出す。

その少し後、ツイッターで同世代の友達がつぶやいていた。**〔カラオケで若者の前でジュディマリやGLAYを歌うのって、自分らが子供のころ大人が石原裕次郎や天地真理を歌ってたのと同じだからね〕**。たしかにそうだ。

昔になくて今あるのは「知らない曲歌っていいよ」という若者の気遣いだ。今あって、昔にはなかったこともある。昔はカラオケボックスがなかった（あったのはカラオケ「スナック」だ）から、子供は大人とカラオケをしなかった。気遣う局面それ自体がなかったわけだ。

ダイアモンドだね　AH（AH）　いくつかの場面
AH（AH）　うまく言えないけれど　宝物だよ

目があったので（知ってる？）口を動かすと拠は頷いてみせる。
「次の『AH』のとき、二人も歌って！」志保に促され、今度は二人で頷く。たしかにこの曲には「あぁ」があった。へえ。歌詞を冷静に分析するなんて野暮だけども、面白い。ここで歌われる

「ＡＨ」には意味はない。いくつかの場面がダイアモンドのようで、うまく言えないが宝物だということに、それ以外の意味を少しも付け加えていない。ただの詠嘆だ。でも、その詠嘆がまるで歌われる嬉しさの「本体」みたいに曲を弾ませている。

抛の目はもう——趣旨が分かって——輝いている。デンモクを素早く操作して二曲目が入った。

ＹＵＩ『ＣＨＥ．Ｒ．ＲＹ』か。どんな曲だっけ。

返事はすぐにしちゃダメだって
誰かに聞いたことあるけど
かけひきなんて出来ないの

「好きなのよ〜」サビ前のそこで「ah ah ah ah!」三人で声を揃える。たしかに「あぁ」が入ってた。

恋しちゃったんだ　たぶん　気づいてないでしょう？

「これかあ」サビでやっと思い出す。十年くらい前の、たしか携帯電話のＣＭソング。称君からメッセージをもらうとき、こんなにキュンとしてるか、私。顔をあげて考えてみるが、自信がない。キュンとしてなくて別にかまわないんだが。

「私『あぁ』がまだ浮かばない。志保、先入れて」

「了解」続く志保の二曲目。ザ・ブルーハーツ『人にやさしく』。速いテンポの曲で、「あぁ」はすぐにやってきた。

気が狂いそう　やさしい歌が好きで
ああ　あなたにも聞かせたい

たった二音だけどちゃんとメロディに変化のある、良い「あぁ」だ！
「これ楽しい！　あと、なにあったかなあ……」拠はどんどん笑顔になってソファで足をばたつかせている。星野源『SUN』、チューリップ『心の旅』、石川さゆり『津軽海峡・冬景色』、斉藤和義『歌うたいのバラッド』、成田賢『ああ電子戦隊デンジマン』……「あぁ」を意識することで、普段と選曲が変わる。特に好みでなかったヒット曲も、「あぁ」で並べることで面白さが生じる。『大都会』でも盛り上がりそうだが、サビしか知らないからなあと悩んでいた星子もやっとまた一つ思いついた。いくらなんでも古すぎるか。でも、ここに拠がいるからタイムリーな曲でもある。さすがに拠は知らない。舟木一夫『高校三年生』。こんなの、ちゃんと歌うの初めてだよ。
「たしかに『あぁ』曲だ！」画面に表示されたタイトルをみて志保が膝を打ってくれた。

赤い夕陽が　校舎をそめて
ニレの木陰に　弾む声

昔の曲って短い、もうサビだ。

「あーあーあーあーあー」志保と合唱。音階の変化のある、これも実に良い「あぁ」だ。

高校三年生　ぼくら　離れ離れに　なろうとも
クラス仲間は　いつまでも

シンプルな曲だから拠もすぐに覚えて、三人で合唱したら、ますますいい曲じゃないか。だが「そうだ、拠ちゃんも三年生だもんね、勉強はどう？　たしか、理系に進むんだよね」志保のなにげない質問に対する拠の言葉に星子は耳を疑った。

「うん。失敗した。もう一度、文転しようと思ってる」

「え、」星子は拠を——実の娘を——二度見した。みられた拠は昔、真夜中に『ナショナルジオグラフィック』のドキュメント映像でみたロッキー山脈に暮らす野生のかわいいマーモットを思わせた。すぐに猛獣に食われてしまいそうな生き物の、無垢そのものの目をしている。

「文転⁉」星子の口から言葉と同時に火の粉が漏れたが、次の曲のイントロが始まって気づかれなかった。宇多田ヒカル『BE MY LAST』。

母さんどうして　育てたものまで

自分で壊さなきゃならない日がくるの？

そんなの、母さんが聞きたいよ！　買ったばかりの参考書だけでいくらかかったっけか。続くヒカルの、いや抛の歌う「あぁ」の哀切で、なんと長いこと。星子は小さく「はぁ」と息を漏らす。

第六話　初めてじゃなかったんですよ

「おかしくないよ！」若い称君に屈託なく笑われ、星子からはすぐに反駁（はんばく）の言葉が出た。たった一か月で大事な進路をコロッと変えた娘の拠についての愚痴を、ふとしたきっかけで話し始めたら、堰（せき）を切ったようになった。

「夜遅く、真剣に打ち明けられてさ。私びっくりしたもん。『私、春から理系に進む。理系の大学に進んで、ＪＡＸＡに入る！』って。ジャークサって！」最後、いつも志保なんかに話している調子で裏声気味になる。称君が笑ったままなので内心ほっとしながら言葉を続けた。

「ＪＡＸＡなんて、倍率超高いに決まってるじゃない？」

「大変そうな感じしますよね」

「でしょう。でも私、聞いたとき、そんなこと言わなかった。拠の肩をこうして……」空中に両手を掲げて肩を摑む仕草。称君、また笑い出しそうな顔。

「『いいじゃないの、あんたはなんでも目指しなさい』……って」慈愛に満ちた眼差しを作り、甘すぎない優しさをたたえた表情で頷く星子。

「めっちゃええシーンやね」

「でしょう⁉」称君は手にしていたストローをグラスに戻し、星子は（再現シーンの）抛の肩に載せていた手を片方おろし、ケーキに載っていた変なチョコの飾りをフォークでさらい、素早く口に放り込んだ。

これで称君と三度目の「映画鑑賞会」だ。老舗デパートの地下二階の、ずっと書店だったフロアが昨年、まるまる映画館になった。今回は映画をというより、劇場の視察という気持ちがあった。上映開始の前に近くのカフェでお茶をしている。称君は引っ越しのバイトを二軒分もこなしてきたというが、肉体労働の疲れを少しも表情にみせずほがらかだ。星子は「めっちゃええシーン」の続きをおもむろに再開した。

「抛も感動しちゃって、（不安そうな目になって）『でもお母さん、学費は……』『（慈愛に満ちた眼差しに戻し）抛、そんなこと、あなたは心配しないの』『お母さん！（涙ぐんだ声音で）』『抛！』」

「感動的やわぁ」

「それで私、翌日からパート、パート、がんがんシフトいれて……」星子は調子にのって、空中にあげていた手をテーブルにおろし、三つ指をつく形に置いて前後に動かした。

「（笑）なんの仕事ですか？」

「ガガガガガガガ……縫製工場」

「あ、ミシンのジェスチャーね！　お母さんほんま偉いわ」

「そう、女工哀史！（ふう、と額の汗をぬぐう真似）……とにかく、その夜は抛も感極まってね。

『私、ちゃんと勉強する。猛勉強して必ずＪＡＸＡに入って、初めてのボーナスでお母さんにカルティエのパンテールドゥ カルティエ買ってあげる！』って……」

「ほんまにそんなこと言いましたか、抛ちゃん」

「そう聞こえたもん、私。『カルティエのパンテールのホワイトゴールド買ってあげる！』って（「そこまで具体的に言わんでしょう」と称君。無視して）『ありがとう、抛。その気持ちだけでいいの！』ヨヨヨ」ひしと抱きしめる（真似）。称君ずっと笑ってる。

「……っと、まあ、打ち明けられたのが三月のことよ。で、参考書とかざんざか買いにいってさ。たった二か月かそこらで……『私、やめるぅ』」

「そんな『イッテＱ』で無茶ブリにビビるイモトみたいな表情ちゃうでしょう」

「……まあ、最初から、無理なんじゃないかと思ってはいたんだけど……」ウソの愁嘆場を交えた再現シーンが一段落して（させて、というべきか）星子は紅茶を飲む。

「『無理』って言葉、子供に最初から言いたくはないですもんね」急に、笑って付き合ってくれていた称君が真顔でいった。

「そう、なんだよねえ」同意しながら感心してしまう。称君は自分よりも抛に近い年齢だが、年の離れた自分と気持ちを共有できることにも、喜びを伴う意外さがあった。大学院生だが、彼は大人の側だ。

出会ったときからさらに打ち解けたとも思うが、それは一度目から今回にかけて等分に打ち解けメーターがあがっていったのでない。前回、元夫からのメールがきたというやり取りでもお互いに敬語のままだった。ついさっき拗について愚痴を言い出してから（メーター）急上昇だ。

「それで、実際には拗ちゃんにはなんて言ったんですか」

「んー、普通よ。『そんなすぐ挫折してどうすんの！』って」

「途中でクラスを替わるなんて、できるんやろうか」

「難しいよね」拗本人も、内心は分かっているだろう。三年生の新学期から二か月で文系のクラスに替わるというアクションは、もし本当に押し通したとしたら、校内でもかなり目立ったふるまいになるはずだ。後ろ指を指す者も現れるだろう。おそらく、理系のクラスに在籍したままで文系の学校を目指すということになるんじゃないか。周囲に対しては穏当だが、非合理的な通学になる。

「本当、バカじゃなかろうか」称君に聞かせるためでなくつぶやき、星子は紅茶の残りをグラスワインの残りみたいに呷った。

「でも、拗ちゃんの気持ち分かるなあ……」称君もアイスコーヒーを飲み干して、椅子の背もたれに背中をあずけて笑みをみせた。「フフフ」と声も漏れたが、その笑いはさっきまでの「ウケている」のとは趣の異なるものだということが表情から伝わってきた。

「なにかの大変さを知らないで『絶対に頑張る』って思うとき、本気なんですよね。でも、大変さを『無理』って思い知るのも本当に思い知ってて。どっちも本当なんですよ」

「そうね」家ではプンスカしてろくに口を利いてくれなくなった拗の丸まった背中を思い出す。

「少し早いけど行きますか」スマートフォンをみて称君は立ち上がった。そうだった。映画を観るのだった。

「今日は、映画のあと一緒に呑みませんか？」

「え、うん、いいよ」

「映画二時間やから、そのあとからになるけど」

「いや、大丈夫」新連載の担当編集・朝井の「大丈夫じゃない」という鬼の顔が浮かぶが打ち消す。拠にはメッセージを送っておけば平気。

「バイト代入ったから今日はおごらせてください」えっ。取り乱す。

「じゃあ、ここは私出すね」星子は伝票を素早く摑んだ。


エスカレーターを二階分下ると映画館の入り口ぽい景色で、星子は少し驚いた。書店が映画館になったと聞いていて、来てみたらその通りになっていたのだが、聞いているから驚かないということにはならない。聞いていたのに書店のままだったら、むしろ納得したかも。そりゃそうだ、書店を映画館に変えるなんて大変だもの、と。むしろ星子の意識は、少し疑ってさえいたのだ。ここが映画館になったということを。

称君は驚かないし、なにを疑ってもいなかったことが、スタスタと幅広の廊下を歩いていく足取りでよく分かる。廊下の壁は落ち着いた濃い紺色に塗られ、片面には公開中（または公開予定）の映画のポスターが並び、もう片面は無料のチラシをとれるラックが並んでいる。

このデパートは昭和からあって、ワンフロアをほぼまるまる使っていた地下二階の書店を、星子は若いときから利用していた。平成は書店が——街の本屋さんといった風情のものから、渋谷や新宿の大型書店まで――どんどんなくなっていった時代だ。広々としたフロアにはもちろん書棚がいくつも並んで、だから見通しがよいわけではなかったが、デパートならではの広さを書籍が埋めている空間を星子は愛した。広い書店ではいつも星子は、「猟書」という言葉がある通り、鉄砲かついで森に分け入ったハンターの気持ちで歩き、本を買った。

真新しいシアターにはスクリーンが五つもある。それくらいのリノベーションは、別に難度の高いことではないのかもしれない。

書店がなくなって残念という気持ちもあったが、同時に、今日び映画館を新設して、ちゃんと黒字にできるんだろうかという心配も湧く。

「ここは昔、本屋さんだったんだよ」チケットを買い求め、壁際のベンチに座り、なんとなく伝える。

「あ、そうらしいですね」

「不思議だな」

「よく来てはったんですか？　その、書店だったときに」

「ナンシー関のサイン会に並んで、消しゴムハンコ捺（お）してもらったことある」

「へえ」きっと年下には通じない名前と分かっていたが、あえて注釈をつけなかった。

「僕の通った小学校、少子化で閉校んなって」

「あら」

「正月に戻ったら更地になってて、ウソやんって思ったんですけど、そういう驚きとはまた違いますかね」書店が映画館になった話題を自分なりに理解しようとしてくれたのらしい。

「似てると思うよ」とりあえずそう言ったが、似てるかなあと考える。

「いや、やっぱ似てへん気がするな」と見抜かれたような返事をされる。

「ここが書店から映画館になったのと、学校が更地になんのと、なにがちゃうんやろ」

「なんか、こっちは……」星子は劇場内を手で示す。

「クリック一つで変更できたみたいな。つまり、地下にあるものは『更地』のときを我々にみせないから……」星子はそこで称君の方を向いた。

「そうか、突然変わった感じがより強いんや！」称君も星子の方を向いた。しっくりくる答えに二人でたどり着き、お互いの目に満足の光が浮かぶのを認め合った。そこで映画館のスタッフが手でメガホンを作り、入場開始を告げた。二人とも照れくさい表情で立ち上がったのは、結論にたどり着いたとき、思いのほか互いの顔と顔が近かったから。

　劇場に入る。椅子は真新しく清潔だし、間隔もゆったりと快適で、さすがに今の時代に新規に設計してるだけのことはある。

　映画も当たりで、二人は機嫌良く劇場を出た。どんくさい素人ユーチューバーの主婦役と、アパレル会社の社長の秘書も務めるやり手の主婦役、女優二人の演技合戦。

「昼間から家でマティーニがぶ呑みする女、かっこよかったっすわ」

「あの冷凍庫から出してくるマティーニグラスがさ、滅茶苦茶でかいところがよかった。あんなマティーニグラス、私初めてみた」

「どんくさい、GAPとエルメスあわせるなって怒られてた方の人も、どんどん強くなってって……」

「ギャングスタの汚いラップを完璧に歌いながら運転してね」

「あそこ一人だけ、めっちゃ笑ってましたよね」

「そうなの。劇場で私だけ笑っちゃう確率、すごい高いんだ」フィッシュアンドチップスをつまみビールを呑み、映画に出てきたからとマティーニに切り替えて話したら、年下とあまり感じさせない、ただの酒の好きな陽気な男だ。拠に衝撃の宣言をされた際の「あぁって言うカラオケ」の話をしたら、「あ、僕、それ、いいの一曲あります」と言い出した。

「なんだろ」

「うんと昔の歌ですよ、でも絶対、星子さんも知ってます」いや、やっぱ知らんかもなあ、どうやろう。称君の表情がくるくる変わるのを「愛(め)でる」気持ちでみる。

「今から歌いにいきましょうよ」え、と星子は腕時計をみる。それからスマートフォンもみる。担当編集の朝井からはメールなし。母親からは**〔スマホのスクショってなに?〕**うーむ。すぐに返信しにくいな。拠宛に出したメッセージ**〔晩ご飯自分で食べられる?〕**には既読がつかない。

返事を待たずに称君は出口で会計をすませはじめた。遅れて立ち上がって、酔ったことに気づく。二日酔いとかでなく「足にくる」ってところに加齢を感じてしまう。既に外に出た称君をそのまま追った。

「ここからだとどこがええかな」スマートフォンでカラオケの見当をつけている。すぐにこっち、と歩き出した。人気（ひとけ）のない六月の夜の空気は春先くらいに冷えていて、少し酔いが覚めた。頭上では満月か、満月に近い丸みの月が暈（かさ）をかぶっている。

「本当に引っ越し二軒もしてきたとは思えない」元気だね、という意味でいったら振り向いて、足をとめた。その片足を持ち上げてみせる。

「服は着替えてますけど、靴は現場のものですよ。安全靴」安全靴って、たしか甲の部分に鉄板が入っているやつだ。

「え、じゃあなにかぶつかっても痛くないの？」

「痛くないです」ふうん。なんなら、踏んでみますか。いいの？　いいですよ。星子は称君の腕を軽く摑んでから

「えい」称君の右足にパンプスのつま先を載せた。

「本当だー」足先に、小さいが平たい「面」があって、しっかり立てる。称君はまるで平気そう。

「本当だ」もう一度いって称君をみたら、ものすごく近かった。それは道理だ。

さっき、映画館と小学校の変化の違いについて話したときも顔が近かった。ハリウッド映画の中の男女みたいだと思った。観客にキスを期待させるため、やたらその距離になる。

今、それよりも近いと思ったら、本当にキスされた。

「えっ」という声がたしかに出たが、称君はそれを無視した。

「僕ね、あのとき、あれが初めてじゃなかったんですよ」

なにを言ってるんだろう。月は明るく、まだ称君の顔は近くて、星子は称君にまだ乗っていた。

第七話　じゃあなんでキスしたの

「オシシカメンってご存じですか？」『小説春潮』の担当編集、朝井の質問が星子はすぐには飲み込めなかった。オシシ……なんすかそれ。都心の、駅からは少し歩いたところにあるレトロな喫茶店で、星子はコーヒーカップをソーサーに戻さずに考えた。

「『ドラえもん』に出てくる……」

「あーーっ、オシシ仮面、知ってます！」急に分かって、星子は勢いよく遮った。あまり嬉しそうに言ったので、ど忘れしていた旧友の名を思い出したみたいになった。

星子の世代は誰でもそうだが、『ドラえもん』は子供時代のバイブルである。星子は特に耽溺したロだ。四十数巻もあるコミックスの中で「オシシ仮面」が出てくるのはある一話の、それもたった二コマだが、ドラえもん好きの間では有名だ。とはいえ深刻そうに眉根を寄せる――隙のないメイクにひっつめ髪の――朝井の口から、国民的人気作だが子供向け漫画の、かなりマニアックなキャラクター名が出てきたことは意外でもあった。

「たしか、原稿をかけずに苦しんでいる漫画家がいるんですよね。フニャコフニャ夫っていう。ドラえもんやのび太は、フニャコ先生の漫画（『ライオン仮面』です、と朝井が作品名をさし挟んだ）……そう、『ライオン仮面』。それを心待ちにしているんだけど……」星子の語る梗概（こうがい）に、真顔で頷く朝井。

「あるときドラえもんたちが雑誌をめくっていたら、主人公のライオン仮面が敵に囚われて『死ね、ライオン仮面！』とか言って拷問されそうになってウワーッ！　って大ピンチのところで『つづく』になって……」ウワーッ！　のところで強い光を避ける手つきをしてみせた星子を、対面の朝井はするがままにさせている。

「……それで、次の雑誌の発売を待ちきれなくなったドラえもんがタイムマシンに乗って、未来に売ってる、翌月の掲載誌を買いに行っちゃう」そうそう。朝井の相槌の抑揚のなさに雲行きのよめなさも感じつつ、『ドラえもん』の筋を口頭で再現するのが愉（たの）しくなってしまい、星子は調子にのった。すいているから打ち合わせがしやすくて、さまざまな編集者によく指定される喫茶店のムードにそぐわない話題だということはさすがに分かっていて、声は抑え気味にしたものの。

「それでめくったら、ライオン仮面の弟のオシシ仮面ってのが現れて。だけどそのオシシ仮面も敵に囚われてしまって、『死ね、オシシ仮面！』前回と同じ拷問受けてウワーッで、また『つづく』になって……」

「そうです」そこで朝井の相槌が強くなった。ここらで会話を本題に載せようとしているのらしい。

「藤子F先生って、めちゃくちゃコメディセンスありますよね。ライオンの次が獅子舞って、苦し紛れに登場させた無茶苦茶な感じが出てて」

「まさに、それ。星子さんも同じです」

「えっ？」それって、私も藤子Ｆ先生並みのセンスっていうこと……？

「星子さんの今の連載、完全に、フニャコフニャ夫になってます！」ついに朝井の口から火柱があがった。

「ぎゃふんっ！」摂氏一万度の業火が直撃して星子は目を強くつぶる。私が、私が苦し紛れで無茶苦茶やった方か！（注・ここまで三行ほど、イメージ文章です）

「いいですか」いつの間にか朝井は掲載誌のコピーを数枚、卓に広げていた。星子が今、連載している小説の、各話ごとの末尾が赤いペンで丸囲みされている。

「星子さんの今の連載。ほら、第一話の最後、ヒロインに謎の人物からメールがきて『続く』。第二話の最後、ヒロインの親が気になるメールもらって『続く』。そして第三話の最後、主人公の買ったばかりのスマホにメールくる。はい『続く』！」

「ほんどうだぁ」

「オシシ仮面、オシシ仮面、オシシ仮面ですよ！」星子が抑えめに発話した単語も朝井は一向意に介さず強気に連呼した。店内のあちこちで客が首を動かし、こちらをうかがったのが分かる。作劇で、次回に気を持たせるためのテクニックを「引きを作る」というが、安直で似たような「引き」を繰り返してしまっていた。そのことを世代的にも分かりやすい、キャッチーな喩えで的確に知らせて寄越した朝井に星子は改めて戦慄する。獅子舞どころかなまはげをうっすらまとっているかのよう。まさに鬼、鬼編集者だ。

「公共の場で『オシシ仮面』連呼しないでぇ」泣きをいれながら、同時に分かってもいた。「公の場（それも名曲喫茶の趣もある静謐な店）」で朝井が言ったのは三回だが、本当は「4オシシ仮面」なのに、四度目を言わずにいてくれたことを。今朝ズタボロになってメール送信した第四話の第一稿も、主人公のもとに謎の男からまたメールが届いて「そんな、まさか……」続く、となっていたのだ。

「……星子さんね、今回、初めてのエンタメ雑誌の連載で苦しむのは分かりますけどね。もうちょっと考えて書きましょう」

「ハイ」

「うちじゃないけど、たとえば『婦人公論』さんの、川上さんの小説とか読んでます？」星子は首を振る。

「じゃあ、同じ『婦人公論』の窪さんのは？　少し前までやってた島本さんのは？　いずれも傑作です」

「ズビバセン、読びばず」

「ウソ泣きしてもダメですよ」ピシャリ（注・実際には音はしていない）。朝井は電子タバコを取り出し、なにやらアタッチメントを取り付けている。星子もなんだか開き直って堂々とコーヒーを飲んだ。そういうの、二話目で言ってくれればいいのに、とも思うが、仏の顔も三度というしなあ。

「ただでさえSFって、詳しいマニアには矛盾とか指摘されて面倒だし、一般の読者にはウケないのに……」あ、それはひどい。今いうのは編集者としてフェアじゃないのではないか？　構想を話したとき、または第一話の原稿を渡したときにいうべきことだ。なぜかあまり腹は立たず、客観的な朝井評だけ脳裏に浮かばせながら、彼女の吐き出す煙（なのか蒸気なのか）をみつめた。星子の小説の中の「過去から来た」トオルは、電子タバコにはさぞかし喜ぶだろう。いかにも未来っぽい物品だもの。

作家って、不思議だな。ダメ出しをした朝井が会社に戻ったあとも、星子だけ喫茶店に居残った。小説のゲラ（原稿を雑誌掲載時の体裁で印刷したもの）を広げ、末尾を再検討することにしたのだが、手は少しも動かない。コーヒーのお代わりを頼んで、自分の職業を他人事のように考える。

一作、新人賞をとったものが雑誌に掲載され、一冊本が出たらもう作家って呼ばれる。星子自身、書店で本を手にとるとき、いきなりその作者を「作家」とみなしている。作家といってもまだ一冊しか本を出してないらしいし、本当に作家かどうか疑わしいぞ、などと思ったことはない。本の面白さや価値とは無関係に、どうみなすかという話で、自分に限らず大勢がそうだ。他の職業、たとえば医者もまあそうで、医師免許をとったら、患者を一人もみてなくてももう医者って呼ばれる（やぶ医者だとしても）。

でも、医者はたとえ一人も患者をみてなくとも「治し方」は知っている（一応、そういう人に免許を交付するルールのはずだ）。対するに作家は、何冊本を書いても、次に書く本の書き方を知っているわけではない。本が一冊出ても、その一冊の本以外の書き方はなにも分からないままだ。

つまり、医者は医者の本分を分かっていて、周囲にも分かっているとみなされる。作家は作家のなんたるかを分かっていなくて、周囲には分かっているとみなされる。

そんなことに、作家になってみるまで気づかなかった。作家って医者並みに「オーソリティ」っぽい肩書だからだろうか。作家「先生」っていうし。医者が人体の治し方を知っているみたいに小説のことを知っていると思われちゃうし、自分も（作家になるまで作家に対して）そう思っていた。連載の安直な「引き」も、わざと、あえてやっていたのではなく、本当に素朴に書いていたのだ。だから、さっきの指摘には正直、とても驚いた。

フフ。星子は小さく笑う。さっきのオシシ仮面の連呼が面白かったから。朝井さん、よく真顔で通せたな。

笑ってみて、称君と話したいなと思う。あの夜から一度も会わないまま六月も終わろうとしている。あの夜こそ「ザ・つづく」だ。

人気（ひとけ）のない夜道で称君は意味深に「初めてじゃなかったんですよ」と告げた。

なにが？　尋ねようとした際、道の向こうからやってくる女性と目があった。相手の目の中に、探るような――知ってる人かも、という――気配が立ち現れた、と思ったら実際に声をかけてきた。二人とも慌てた。体を（ハリウッド映画のキスが予見される距離から）離していてよかった。

「あのー、すみませんこんなとこで。善財（ぜんざい）さん、善財拠さんのお母さんですよね」

「あ、えー、はい！」挙動不審者のような返事に、声をかけた女性はまるで訝（いぶか）しむ風でない笑顔をみせた。

「すみません、急にお声がけしてしまって。私、拠ちゃんの三年七組の副担任で国語を教えている千場聡江と言います」丁寧なお辞儀。星子は会釈をしながら女性をみた。自分より少し年下だろうか。職員室からの帰路といわれれば納得の、清楚な服装。とても綺麗な人だが、いつかの面談の際、担任の脇にいたっけ。星子は美人好きなので覚えていそうだが、よく思い出せない。

「あ、どうも、娘がいつもお世話になってます」よそゆきの調子で頭を下げる。少し前に体を離しておいて――称君に乗り終えていて――本当によかった。星子はさっき思ったことを改めて感じ直した。同じことだけど、相手の職を知ったことで「よかった」の桁が一つ跳ね上がった。

「ほんなら、僕はここで。また連絡しますね」そこで称君は辞去を申し出てくれた。あ、うん。今日は、楽しかったです。うん、こちらこそ。二言三言――不意にあらわれた副担任の手前、敬語になりながら――交わしつつ、称君はしばらく後ろ向きのままで駅の方へと去っていった。

　それから幾度か称君とメッセージアプリでやり取りはしたが、思わせぶりな台詞（初めてじゃなかったんですよ……）の続きは聞けていない。聞かなかったことにするのも変なので、メッセージで直截に尋ねてみたのだが**〔いや、本当にぜんぜん、たいしたことじゃないんで〕**の返信と、汗をかくキャラクターのスタンプではぐらかされた。もしかしたら、本当にたいしたことじゃないのかも。

　そもそも台詞の手前の行いも、なんで？　と思うのだが、星子はキスされたことについては、あまり考えないようにしていた。

　あれはなんつうの？　ノリだろう、ノリ。

　志保に昔教わった言葉に「ラッキースケベ」というのがある。少年漫画の中で、都合よく女子のパンチラがみえたり、着替え中のところに遭遇してしまうような、お決まりのサービスシーンのこと。今、そんな表現はどんどん駆逐されていっているのだろうが、ラッキースケベという語に宿る面白さはよく分かる。私なんかに本気なわけがない、という卑屈な気持ちと、たとえノリでもキスしたんだから、私もなかなかだわいと威張る気持ちとが混ざると「ラッキー」という言葉くらいが、あの夜のあのことに対して一番しっくりくるものだった。

しかしたった今、古風な喫茶店でゲラを前に途方にくれながら称君と話したいな、と思ったのは「ラッキー」の具体的な続きを期待してのことではない。

その少し前に映画館のロビーで会話したこと、更地になる学校と、地下の書店が映画館になったことの、同じようで、二つの異なる感じ方があることに二人でたどり着いた。作家と医者の二つの喩えについても、彼に耳を傾けてもらいたい。自分の職業を作家だと告げることには抵抗を覚えているのに、話してみたい。二人で一つの思考を用心深くたどる、それ自体官能的なことじゃないか。

話したいのはオシシ仮面のこともだ。プロなのに、プロじゃないみたいにしか、書きたいようにしか書けない。星子はこれまで五冊の本を出版していて、ずっと初版数千部で、ほぼ一度も重版しない。部数は落ちも、上がりもしない。自分でつけたあだ名がミズ・ヨコバイ。落ちないだけですごいですよと励ます編集者もいるし、とりあえず、なぜだか「次の一冊を出しましょう」と声はかかる。シニカルな評論家には雑誌の文芸評で「今は愚にもつかぬがバケるかもしれないから編集者はもう少し付き合ってもよい」と評論というよりは占いみたいなことを書かれたが、本当、バケるんだろうかと他人事のように思う。

しかしずっと数千部では、执を大学に行かせられるかも心許ない。称君の前でしてみせた、ミシンをかける真似はあながち冗談でもないのだ。星子は、そういえばここ高いんだったと思いながら、コーヒーをすすり、鼻から息を吐き出す。


帰宅すると居間の扉のはめ込みガラス越しに、执の両足先がソファの端からぴょんとはみ出してみえた。たしか、まだ塾に行っているはずの時間だけど。

「ただいま」を言いかけてやめる。执はソファに寝ながらスマートフォンで電話をしているようで、星子の帰宅にも気付いていない。以前のカラオケボックスでの様子も思いだし、再び玄関に戻ろうかと思った刹那、娘の張りつめた声が一言だけ、星子の耳に届いてしまった。

「じゃあなんでキスしたの」と执はいった。星子はやはり短い廊下をすごすご玄関まで引き返し、所在なく立った。位置についてよーい、の気持ちで「あ、お母さん帰ってきた」というような声が聞こえてくるのを待った。执の声は涙混じりだった。

娘が恋をしている。

かどうか、わずかに聞こえた電話のやり取りだけで分かるわけがないが、星子は息を呑んだ。母親としての娘への心配とか、そういう気持ちはさして湧き上がらない。玄関に戻ったのは「他人」のプライベートに立ち入ってはいけないと思ったのであるが、さらにいえば、他人どころか「動物」を目撃した感じだ。希少な野生動物のさらに希少な産卵シーンに立ち会ったみたいな、神秘的な気持ちに近い。执でなく、色恋が希少なのだ。

あるとき雑踏を行き過ぎていて、道の脇や駅の改札前などで痴話喧嘩しているカップルをみかけると「お」と思う。色恋であるな、と。

今、自宅で不意に極上の（などという評価も変なのだが）それに立ち会った。息をひそめ、後じさりで気配を玄関まで遠ざけたのは、野生の色恋がバサバサーと飛び立ってしまったらいかん、みたいに思ったのだ。このあと電話を切った気配がしたら、ドアを開ける瞬間からとりわけ間抜けに、若者の世界の深刻な気配など知りもしないのんきな様子で振る舞わないと。星子には拠のことが、〝文転〟で言い争ったときよりもっと分からなくなった。

でも「分かる！」としみじみ思うことも一つできた。じゃあなんでキスしたの。本当だよねえ。本当は、それが本当。ラッキー、じゃなくて。

第八話　過去を歩く未来

学校に呼び出されると、星子は自分が親じゃない気がする。校門をくぐる星子の心の内を表す、もっとも的確な語は「ヤバい」だ。

職員室に呼び出された高校時代とほとんど同じ気分。親なのに。拠が誰かを怪我させたとか、明らかに「ヤバい」事由で呼ばれたわけではないのに。

いやいや、分からないぞ。副担任の千場先生は電話口でも「特に深刻なことがあったわけではなくて、拠さんのその後のこととか、一度お会いして話しておきたいことがありまして」と――あえてなのかもしれないが――声音もほがらかだった。「その後の」こととというのは、もちろん拠の「理転→やっぱり文転」騒動を踏まえている。

先週にも面談があったばかりだ。そういえばあのときは、あまり「ヤバい」と感じなかったな。校門前で一瞬感じただけですぐ拠と落ち合って歩いたし、話す内容も事前に分かっていたからか、学校に「呼び出される」ときの独特の気分に浸りそびれた（「そびれた」といっても、感じたいわけではないのだが）。

拙は今も男子だらけの理系クラスに在籍したままだ。さすがにクラスを途中で替わるのは不可能で、しかし物理などの科目では、最低限の試験はパスすることを条件に、授業中に国語や歴史の自習を〝黙認〟してもらえることになった。それを白眼視する生徒はもちろんいるだろうが、そもそも受験を控えたこの時期、人の失敗を揶揄(やゆ)する暇は誰にもなく、大きな問題にはならないだろう。

担任の百目鬼(どめき)先生の説明を星子は平身低頭の体(てい)で聞いた。「おまえには難しい」とさんざん釘を刺されたのを押し切って理転した最初の判断自体、親も甘かったといえる。百目鬼先生からは叱責されたわけではないが、拙一人のために配慮が働いたと思うと申し訳なさで身が縮んだ。拙はといえば、もう一度友達の多い文系のクラスに戻りたいというムシのいい願いがはっきりと否定されたことで、勝手にしょげていたが。

先週の面談のあのときたしかに、自分は「親」だった。うちの子が至らないのは自分の責任です、と心底思い、お辞儀する自分の身体から申し訳なさ成分が発散しているような気がした。

今回もまた、そのように頭を低く下げるかもしれない。だけど今、学校に向かう自分は、親らしい粛然とした気持ちではなく「なんだろう、今度はなに言われんだ？」と怪しむ生徒の気持ちなのだった。

場所のせいかもしれない。拙と落ち合った先週は、二人ツンケンした会話を交わしながら歩いたから、進路室にたどり着くまで「学校」という場所のことは特に意識しないままだった。今は我が身一つで馴染まぬフィールドに足を踏み入れている。「ホームとアウェイ」という語が、サッカーブーム以後広まった。語の広まりとともに、アウェイやホームの気分が自覚されるようになった気がする。難しい言い方をするなら「顕在化」した。

星子は仕事の打ち合わせの際、編集者とカフェで会うときは普通にしていられるのに、出版社の会議室で打ち合わせするとき、そわそわと挙動不審になる。特に、出版社のロビーで編集者と落ち合って入館証を渡され、エレベーターホールでエレベーターを待っている間がおかしい。

なぜだか、その出版社へのお追従(ついしょう)を言ってしまうのだ。大きな出版社だと、ロビーやホールには自社の女性誌の最新号のポスターやドラマ化の決まった小説の告知が貼られたり、アニメになった漫画の等身大のパネルや巨大なぬいぐるみなんかが飾られている。それらをみながら、そわそわする。「こないだのエステ特集、完売したって聞きましたよ」とか「あ、これ映画化するんですか、観たいなあ」などと、特に言う必要のないことを口にしてしまうのだか、あれはなんなんだろう。とにかく、なんだか「アウェイ」にいる感じなのだ。

校庭の端を歩く。蟬しぐれと、トラックを走るなにかの部員たちのファイ、オー、ファイ、オーという掛け声が耳に入る。遠くからはブラスバンドの管楽器の音合わせも。校舎には「二年連続全国大会出場」という垂れ幕が下がっている。なにが二年連続出場したのか、その部分は日傘に隠れて分からない。七月初旬の日差しは強かったが、湿度はさほどないのが救いだ。（わあ、今年も全国大会出場なんですね、すごいなあ）言う必要のないお追従を心に浮かべながら、星子は校舎に向かう。

放課後の校庭における蟬しぐれとファイオーファイオーみたいな「音」は、これは普遍的なものなのか。下校する学生たちが思うままに発する明るいざわめきも、昭和の終わりの自分が下校するときに聞いていたそれと同じに思える。無論細かなことは変わっているだろう。野球部はタイヤ引っ張りだのうさぎ跳びをしないだろうし、ブラスバンドの曲も、モダンなものになっているはずだ。でも総体として耳に入ると、昭和のそれとさして変わらぬ喧騒になる。足元に落ちた丸い影が不思議でみあげると、校舎の脇の空を丸い物体が飛んでいたが、あれくらいが昭和の高校にはないもの。たぶんドローンだな。先週も同じ丸い影をみた。学生が映画でも撮っているんだろうか。

　とにかく、総合的に活気のある音や気配の中、放課後の街に向かう学生らと入れ替わりに、くたびれた中年の身一つを運んでいるな。心の中だけは「ヤバい」という、自分の高校時代と同じ気持ちであることに矛盾を感じながら。「来賓の方は←」と記されたプレートに（別に「賓」ってほど立派な客じゃないけどさ、と日傘を回しながら）従い、職員と共用らしい玄関まで校舎を巻いて歩き、玄関のたたきで靴を脱ぎ日傘をたたむ。保護者用の「来訪者カード」を鞄から取り出して首から下げる。カードは拠の入学時に学校から受け取っていて、これもまた昭和にはなかったやり方だろう。

　備え付けのロッカーに納められたスリッパに履き替えて顔をあげると、すぐそこに百目鬼先生ではなく千場先生が立っていた。星子の到着時間を見計らい、迎えに出てきてくれたのらしい。

「わざわざお越しいただいて」

「いえいえ」百目鬼先生が剣道部の大会の引率で出かけている旨はすでに電話で聞いていた。千場先生の立ち姿を下から上までみて「ヤバい」という気持ちがまた首をもたげる。担任が不在なのは本当なのだろうし、だから今日は副担任が応接するのも特に不自然ではない。でも、なんだかそうじゃないんじゃないか。

　先月の夜、呑んだ帰りの道で称君と一緒のところを彼女に目撃されている。そのことが、なにかこの呼び出しの遠因になっているのではないか。そんなわけないとは思うのだが。夜間の不純（？）異性交遊を咎められるなんてことは。長くまっすぐな廊下の壁に額装された美術部の巨大な油彩画をみると、わあ、すごいですねと言いそうになる。とにかく、本題に入るまでの間が持たないんだな。急に出版社での自分の気持ちの「解答」がみえた気がした。

「うちの美術部はレベル高いんですよ」絵に気をとられていると思われたか、先生は振り向かずにそういった。

「本当、すごいですね」あれ、結局お追従をいうことになった。大きな学校だ。生徒数七百というから、少子化の今にしてはかなりのマンモス校だ。もっとも、大規模校って今でも「マンモス」って喩（たと）えるのかな。先週の面談と同じ部屋に向かっているとしたら、廊下からいったん校舎を出て別棟に渡ることになる。中庭の端の、ひさしのついた小道をゆく途中、見覚えのある丸い影がみえた。さっきのドローンだ。エンジンかモーターか分からないが、プロペラ音もけっこう響いている。

　さっきのとは限らない、別のドローンかもなと考えていたら、丸い影が前を行く千場先生をぴたりと捕捉するようになって、大きな回転音をさせつつ、あれよと思う間もなく本体が降下してきた。

　肩の近くに静止したドローンを千場先生はつんと指で突いた。

　照れるなあとドローンが言った（みたいに星子にはみえた）。

　一瞬揺れて後退したドローンだがすぐに水平を取り戻し、また上空に舞い上がっていった。その様子は小鳥かなにかをかわいがる風でもあったし、未来人がメカ伝令の重要な報(しら)せを受け取ったようにも思えた。子飼いのドローン。

今のドローンについて、なにがしかの説明の言葉があるかと待ったが、先生ははにかんだような涼しそうな様子で「部活で」と言葉少なに告げただけで歩みを再開した。星子はすっかり気圧されてしまった。何部ですか、先生。映画部？　放送部？　それともスパイ部？　質問が浮かぶが躊躇(ためら)って、やめる。

古い校舎の、白ペンキがあちこちひび割れて指でパリパリと剝がせそうな壁の、年季の入った階段を上り、今は使われていないらしい、蛇口が横並びになった水飲み場を過ぎて、先週にも通された進路室の扉の前で千場先生は振り向いた。部屋に入る前に大事な前置きがあるという表情だったので、星子は唾を飲んだ。ドローンに背後をとられてないかしら、などと思って身構えたら校内放送の——これは昔から変わらない「ピンポンパンポーン」と音階のあがる——チャイムが鳴り響いた。

「……本当に、すみません！」千場先生は小走りで店に入ってきて、星子の向かいに着席した。

「本当に」の「本」と「当」の間に溜めの「っ」がたっぷり入って、続く「すみません」が着席のタイミングとぴったりあっていた。

「いえいえ、お疲れ様です」数時間後、星子の最寄り駅の居酒屋に二人はいた。面談の直前に校内放送が鳴り、部活で捻挫した生徒のために千場先生は呼び出されてしまったのだ。

その場で星子は日を改めようと提案したが、それでは申し訳ないと食い下がられた。善財(ぜんざい)さんがよければ夜、改めてお会いしましょうと。

本当は、親と教師が二人で呑むのはよいことではない。誰かに目撃されたら、なにかの便宜をはかってもらっているのでは、などと誤解されてしまう。

「……ん、ですけどね」わざわざ建前を述べた後、千場先生は深刻そうな顔をすぐにやめて「ビールお願いしまーす」と店員に手をあげた。すでに星子は似たような懸念を抱いて、スマートフォンで**〔先生と親　呑み〕**などと検索していたが、出てきたサイトの解説は要領を得ないものだった。

「誰かになんか言われたときの言い訳はあとで考えちゃいましょう」あっけらかんと言われると、大丈夫という気がしてくる。

「はい、私もビールを」星子も手をあげた。星子は安心した。ホームとアウェイでいうなら、ぐっとホームに近くなった。「心配した」というのもおかしいのだが、店に来る千場先生についていろいろ想像したことはたしかだ。海賊のオウムみたいに肩にドローンが載ってたりはしなかった。

変、というか面白いのは、千場先生も今、ホームにいるみたいなことだ。二人はジョッキで乾杯をかわし、焼き鳥を食べた。

「私、善財先生のファンなんです」

「えっ」むせそうになる。それから二人、幾度かビールのおかわりをしながら星子の著作の話で盛り上がった。滅多にいない読者の登場に星子は舞い上がった。稀(まれ)に誰かが「星子さんの読んでます」と話題にしても、たいていは出世作になった――運よく映画化された――初期の一作に限られた。映画に主演した俳優さんと会ったときのことをどこかへ行ってみてきた「みやげ話」みたいに語って喜ばれて終わることが多い。

「たとえば『目が光る女』って短編、そんな題名だったら普通、比喩だと思うじゃないですか」

「ですよね」

「主人公の目が実はうっすら光ってるけど昼間は誰にも気付かれないし、夜も明かりを消したら目をつぶれば、皆、案外気付かないから普通に生きてる、なんて、むしろすごいリアルですよね」

「ハハハ」

「でも、やっぱりときどき、暗闇で目を開けなきゃいけなくてね。恋人とね！　あの場面が……いや、作者の前であらすじ説明してどうするんだって感じですけどね」先生、嬉しそうだ。星子が串から抜こうとして、硬くてあきらめた焼き鳥を、千場先生は善財星子作品について喋りながらすっすと簡単に抜き取って皿にぽろぽろと肉片を落としていく。そうすると、小説について語るのもとても簡単なことにみえて、また少し気圧される。

　称君と一緒のところをみられたとき、道の向こうからやってきた彼女の様子もこんなだったかと記憶を巡らせるが、さすがに思い出せない。

　称君からは〔**前期の課題が無事に出せたらまた映画を観たいです**〕と連絡を受けているが、一人で勝手に気まずくなってしまっている。前期の課題というのがなんなのか分からないが、「また会いたいです」ではないんだなあとガッカリしたり、ほっとしたり。

「本格的に酔っ払う前に一応、今日の本題なんですが」

「あ、はい！」星子は背筋を伸ばした。

「今日のことも、百目鬼先生ではなく私の一存でお声がけしたんです。拠さんが、通っている塾の先生と付き合っているって噂があって」

「はー！」衝撃的なことを言われ――実際に驚きはしたが――星子はなんだか笑いそうになった。

「『はー！』って」つられて千場先生も笑った。

「もちろん噂ですし、そんなに広まってもいないみたいですけど」いいながら先生は星子を覗き込んだ。探るようでもあり安心させるようでもあるが、不意に先生の眼が穏やかなものに切り替わったのを感じた。居酒屋の喧騒が遠のき、星子も先生の眼を覗き込んだ。拠について謎を与えられたのに、別のことで解を得られた感触があった。

「このあとって、まだ呑めますか？」

「あ、はい」星子の返事に千場先生は満足げに口角をあげた。傍らのバッグの細いチェーンを指一本で持ち上げ、鞄本体をゆらゆらさせながら星子をみつめる。

「もう一軒行きましょう」視界の端でバッグの揺れが大きくなった気がした。先生の表情に吸い込まれそうになっていると、揺れているのもバッグではなく、ぶんぶん振り回す武器かなにかのように思えた。千場先生はすっと立ち上がり、星子はあわてて後に続く。

このあと拠に会ったら、塾の先生のことなんかではなく、千場先生のことを尋ねてしまいそうだ。

「あの人、本当に先生？　未来からきたニンジャかなにかではなく？」と。

第九話　20のトリプル！

「え。ってことは、あれですか？」千場先生はトイレから戻ってきた星子に出し抜けに尋ねてきた。

「なにがですか」星子は問い返した。問いながら、落ち着かなくなった。「ってことは」が、なににかかるのか。多分あれだ。トイレに行く直前の話題、星子が離婚して、本名は抛と苗字が違うということにかかっているとみた。

既に二人は二軒目にいた。ダーツのできる広いバーで、一角にはビリヤード台もあるが、すいていた。冷房が強く効いており、それだけで若者のための店と知れた。二人はダーツの装置に背を向ける形でカウンターに並び座った。千場先生は、酒瓶の並ぶ壁の上方にさまよわせていた視線を、首だけ動かすことで星子にあわせなおした。

「マイヤーズラムのロックのお客様」バーテンダーが二人の間、どちらでも受け取れるあたりにグラスを差し出した（「私です」と先生がバーテンダーに視線をあわせる）。グラスの内径にあわせた大きさの丸い氷の入ったロックが紙のコースターの上に置かれた。

「え、ってことはあれですか？」グラスを受け取りながら先生がさっきと同じフレーズを繰り返した。先生、もしかして酔ってきてるな。質問も察しがついた。

「こないだの夜、一緒にいらした男性は恋人ですか」そっちの話題か。

「違うんですよ」星子の回答は余裕を伴ったものになる。

「えぇー」色っぽい話題にならず先生は露骨に落胆する。しかし、こんな話していいのかな。そもそも、捌の「不純異性交遊」の噂について持たれたこの会合ではなかったか。もちろん一軒目の居酒屋で、一通りの話は聞いた。理転してクラスの分かれた元級友が、少し前に目撃したそうだ。塾の近くで夜、大人の男と手をつないでいたところを。級友は捌にも問いたださず悩んだ末、捌と仲のいい千場先生にだけこっそり相談したのだという。先生は捌に問いただす前に、まず星子に相談することに決めた。

星子は新学期が始まる前の、カラオケでの捌の様子を思い出した。また、編集者との打ち合わせからの帰宅時に電話で誰かと言い合いをしていた様子も。恋の渦中にいるんだろうとは思っていた。思えば進路の（無茶な）迷いも、恋が関係していたのかもしれない。そもそも春頃、カラオケだなんだ、妙に自分なんかとつるみたがっていたこと自体、おかしいといえばおかしいことだった。

「本当ですか？」カウンターのグラスから視線を少し動かして先生が星子をみつめる。男なら惚れる視線の寄越し方。

「なんで疑うんですか」

「だって、似合ってたから」

「あら」照れ隠しに口に手をあててイーッヒッヒと小さく笑ってみせる。

「あ、拠ちゃんと同じ笑いだ」親子なんですねえ。あれ、拠、私のねるねるねるねをパクってんのか。

「拠ちゃんの交際はですね」先生の視線は今度は不意に険(けわ)しくなった。呷ったロックグラスをたんと置いたがコースターからグラス一つ分ずれて、硬い音を立てた。

「もし交際してたとしても、私は、別にいいと思うんですよね、いや、公にはよくないっていいますけど」先生の顔が近づく。ハリウッド映画ならキスする距離。先生、やはり酔ってきているな。気付けばグラスのお酒はほとんどなくなっていた。

「私もそういいます」同意を得て先生はこくんと頷いた。バーテンダーから星子のジントニックが助け船のように差し出される。

「あ、おかわりお願いします」先生は丸い氷がほとんど溶けていないグラスをバーテンダーに手渡した。

「拠ちゃんは、よくないと思うんですよ」ろれつは回っているものの、言ってることがいきなり真逆になった。

「はい」急に星子も、教師に対面する親の返事になる。

「いや、拠ちゃんの恋愛がよくないっていうことじゃなくて……」顔色も変わっていないから、まるで酔っていないようにもみえる。厄介な酔い方だ。カウンターの向こうから次のロックが届けられようとするのを、星子は先生の背中から手をかざして制した。

「拠ちゃんのよくないのは、そっちじゃないですよ」

「つまり？」

「このまま、心がお辞儀した人になってはいけない！」先生の語気が強くなった。

『心がお辞儀』ですか」反芻すると、背後で電子音が鳴り響いた。振り向くと、ダーツの的の枠が一か所、輝いている。的の上にはボウリング場のレーンみたいに、遊技の結果を示す液晶モニタが据え付けてあって、それもまたカラフルに輝いていた。客の一組がダーツを始めたようだ。

「私たちもやりましょう」

「え」千場先生は人でなく紙みたいに、するんと落ちるように椅子から降りた。星子はあわてて(人らしくドタドタと)後に続く。今の話はどうなりましたか。いかにも先生っぽい教唆が始まりそうなフレーズで、なんか大事なことを語りそうだったじゃないか。荷物を置いていくか迷って、二つとも置いていくことにする。

四つあるダーツの端に近づくと若いスタッフの男がやってきてルール分かりますか、と尋ねた。

「ぜんぜん」千場先生は恥ずかしげもなくむしろ楽しそうに言った。あ、そうなんだ。意外だった。二軒目も先生が迷わず歩いて入店したから、ダーツにもなじみがあるのかと思っていた。

「真ん中に当てればいいんでしょう？」

「うーん。真ん中に当てたら50点。だけど、一番高いのは真ん中のちょっと上の色のついてるところ。『20のトリプル』で60点です」へえ、そうなんだ。

「20のトリプル」先生はすごくいいフレーズを聴かせてもらった、というような笑みでそれをくり返した。

「真ん中に近いほど高得点というわけではないんだ」星子はつぶやく、

「へえ」千場先生は微笑んだ。的の手前の床にはラインが二本ひかれていた。それより先に足を出して投じてはいけないのだと分かるが、二本あるのは片方が初心者向けだろうか。

「一人八本だって」青いダーツを受け取る。見た目以上の重みを手の中に感じる。先端はとがっていない。これで本当に的に刺さるのか。急に、娯楽が始まった。

「女性は手前からでも」という店員の指示を先生は悠然と聞き流し、当たり前のように後ろのラインに立つ。先生の一投目は堂々たる投じ方と裏腹に、的の外に大きく外れた。

先生に倣(なら)い、星子も遠い方のラインに立った。

「もっとまっすぐ、真横に放るように」先生の一投目をみかねてか、若い店員が脇からアドバイスをくれた。ようし。星子は眉間にしわを寄せ、狙いを定める。酔っ払った先生の拠に関する言葉の続きはもちろん気になっていたが、これは別に長く続く遊びでもないだろう。えい。

的の左に当たると電子音が鳴り響き、画面に「2」と表示される。

「やったー、何点……え、2点？　たったの2点」遊戯と思えないしけた点数に星子は驚く。

「20のトリプル！」先生は一投ごと必ずそれを唱え、だいたいは平凡な位置に当てた。星子も似たようなものだが、液晶モニタの表示をみるに、ラスト一投を残して先生に9点差をつけている。

ダーツの盤はピザを細かく切り分けるみたいに20に区分けされており、区域ごと、1〜20点が割り振られている。20点の隣が1点で、その隣は18点（さらに内周の位置によって「ダブル」「トリプル」があって、「20のトリプル」という地点があるわけだ)。

なるほど。上手な人は20点を狙うだろうが、ちょっと間違うと最低点になる。しかし、あまり上手でない人が20点を狙うと、さらにずれて18点を取るかもしれない。遊戯の醍醐味が、きっとそういう配置にあるんだろう。真ん中から周縁にいくほど点数が下がるほうが理にかなっているが、それではつまらないのだ。

「20のトリプル！」お株を奪う、ではないがむやみに宣言して星子は最後のダーツを真剣に投じた。当たったのはど真ん中。派手な演出で台が輝いた。

「やった！」20のトリプルではないが、50点だ。

「ってことは」と二人の言葉が揃った。本当に、20のトリプルを当てないと星子の勝ち。急に劇的な局面になった。

「ようし」気に入りのフレーズは言わずもがなとなり、先生さらに真剣だ。気付けば冷房の強さにはおっていたカーディガンの袖をまくっている。

「拠ちゃんは……」的を見定めたまま、先生は出し抜けにさっきの続きを口にし始めた。

「今のクラスで揶揄されたりいじめられたりはしていないけども、単純に孤立していることはたしかで、それはもう仕方ないですよね」星子は頷いたが、その動きが先生の視界に入っているかは分からない。似た言葉はすでに最初の居酒屋でも聞いた。酔って同じ話の繰り返しになっているのか、新たな話の前置きなのかがみえない。

「でも、揶揄されたりした方がまだ、立つ瀬があるのかもしれない」先生は熟練したダーツのプロのごとき眼差しで的を見据えている。そのまま居酒屋で語ったことの、さらに先を語り出した。

「人って、なにかに失敗してからずっと、失敗したままの状態で過ごすことって、なかなかないじゃないですか。たとえば、花瓶が割れたら——それは失敗だけど——でもすぐに片付けるでしょう。花瓶の破片を」

「たしかに、ずっと割れたままの部屋で暮らし続けないですね」

「そうしないと、少しずつ荒みますよね。部屋に死体があるみたいにすごく悲惨なことではないけど、いちいち破片を意識して暮らすのって」言いながら、ダーツを持つ手の肘から先だけを幾度か動かしてフォームを定めている。星子は緊張してきた。先生が20のトリプルを出したらさらに重大な言葉が出てくるかのように思えてきた。

「深刻ないじめとか、不登校とか、そういう、いかにも問題モンダイしていないモンダイってのも生徒にはあるんですよ」

「そうですね」先生ついに投じ方を定めたか、ダーツを持つ手を大きく動かした。放る！

「……いや、抛ちゃんは別のことでモンダイモンダイしてるかもしれないんだったわ」放らなかった。星子の方をみたときの眉の動きで、塾の講師の噂のことだと思い出すことができた。

「とにかく抛ちゃん、放課後とか進路室に遊びにきてるとき、なんかよくない、卑屈な笑い方をするようになってて。それは、そうなるのももっともだし、心配なんだけど……心配よりも先に『よくない、ダメ！』って思っちゃって」

「ありがとうございます」お礼の言葉が出たのは、彼女の言わんとすることがよく理解できたからだ。先生はそこでダーツを投じた。最後の一投は的の外の壁に当たった。

「あらー」先生は笑って振り向いた。これがデートならどんな男でもキュンとする笑顔。

「負けました」隣の隣で新たに数名でダーツが始まった。いかにも酒場の遊技らしい歓声があがりはじめ、二人はカウンターに戻る。

千場先生の、ダーツを投じることにかこつけたか、あるいはダーツを投じる勢いを得るために語られた一連の言葉に、星子はコーヒーのポットを想起していた。花瓶ではなくだ。

「挑ちゃんのことは、どうしたらいいか本当、私分からなくて……」

「大丈夫ですよ」星子は反射的に答えて、カウンターに腰を下ろす。

「そうですかねえ」

「多分ですけどね」実の親ながらなんともいいかげんに響いたが、星子はかまわなかった。目下（もっか）の挑ではなく、彼女が八歳かそれくらいのときのことを思い出していた。あのとき挑は花瓶ではなく、コーヒーメーカーのガラスのポットを割った。あるとき帰宅すると粉々になった耐熱ガラスの残骸の傍に挑は立っていた。

怪我してないか。急ぎ駆け寄った星子に幼い挑は「割れないって思ってた」とつぶやいた。割ってしまったすまなさの手前に、不思議という気持ちが心を支配しているみたいだった。コップとか皿は割れるけど、これはホーローの鍋みたいに、壊れなさそうにみえてたんだという説明の言葉は少し後で聞いた。

今もクラスで一人、どの気持ちよりも手前に不思議と思いながら立っているのだろうか。失敗の破片が散らばって片付けられない場所で過ごし続けるの、きっと大変だろう。でも、それを分かっている大人が傍にいてくれた。

　先生はロックを注文しなおし、グラスを再びぶつけあった。

「私、先生向いてないんですよ」ダーツで体を動かしてさらに酔いが回ったのか、先生はロックを呷るとカウンターに腕を投げ出し、突っ伏した。

「そんなこと……」落ちた水滴が突っ伏した先生の袖につきそうで、紙のおしぼりでさっとカウンターを拭く。そんなことないよ、というより私も親、向いてないよ。

「本当にあの若者は恋人じゃないんですか？」え。また、話が飛んだ。千場先生は「実は寝たふりでしたー」みたいに突っ伏した腕に載せた顔を少しだけずらして目を覗かせた。

「違いますって」

「じゃあ、あの男性のこと、好きですか？」なんなのよ。星子はなんだか息をついた。千場先生のことを好きかどうか聞かれたみたいだとも思った。星子はグラスを掲げ、目でバーテンダーにおかわりの合図をしてから言った。

「好き」冗談めかしたのに、口に出すと頬が紅くなるのが自覚されたし、身の内に震えも起こった。

そうか。

　好きだし、好きって言いたかったんだな、口に出して。

「やっぱり」千場先生のきらきら輝く瞳が、腕の隙間からじっと星子をみつめ続けた。

第十話　だって作家でしょう？

〔スマホの、電話マークの右上にポッチがついているのを消すにはどうするか〕について星子は考えなければならなかった。台風が近づいているせいか、昨夜から頭痛がして、拠を見送ったあとで寝床に戻っていた。

　老いた母からデジタル関連の質問がくるたび、星子は感心する。よく、そんなにもいろいろ「分からな続け」られるものだと。昔、志保と地図製作会社に入った際、もう一人同期で中途採用されたのが実質、新卒に等しい若い子だった。最初のうち、二人がお守りをするような形になった。

　電話の受け答えとか、客へのお茶の出し方のようなことの呑み込みが特に悪いわけではなかったが、パソコンの組版ソフトの操作だけ、異様な呑み込みの速さを発揮したのを覚えている。途中から熱中し出して「皆までいうな」と肩が語っているみたいになり、志保と顔を見合わせた。

　母はその逆だ。母はなにか一つの操作から、数珠つなぎのように別の操作方法を閃いて応用していかない。

　前にも、パソコンでYouTubeの再生ができないというので「画面の下に三角のボタンがあるでしょう」と電話ごしに伝えても「そんなボタンどこにもない」と困惑された。「ラジカセの『再生』みたいな三角のボタンがあるはずだよ！」と怒声を張っているうちはまだよかった。いつまでも「ないない」言い張る母の強気に、だんだん不安を抱くようになった。ＳＦやアニメでよくある「並行宇宙」に母と自分は分かたれて存在しており、母の暮らす世界線のYouTubeのボタンは三角型ではないのかもしれない。それは果たして波形か星か、ＥＳＰカード（古い）の絵柄を頭に浮かべ始めたころ、母の方で偶然に押せたのだったが。あれは後から思うに、母親の頭には底辺が下にある△しか思い浮かばなかったんだろう。

母はパソコンだのスマートフォンがもたらすたくさんの機能や便利さを前にしても、それが出来ない自分に対して少しも悲観がないし、出来ることでありがたいと感謝する様子にもならない、いつも軒昂な態度だ。

今の母と、昔の職場の若い子と、真逆なのに似ている気がする。なんでだ。

ツイッターアプリで志保のツイートを確認して（夜中に**〔ジャイアントカプリコっていうけど、別に巨大じゃないよね〕〔「接待テトリス」ってないかなあ。わざとらしくないタイミングで長い棒がきたり、ピンチのとき、ちょうど来てほしいのが落ちてくる〕〔接待と言いつつ、私が遊ぶんだが〕**などと呟（つぶや）いている）枕脇にスマートフォンを戻し、星子は目をつぶる。カーテンの隙間からみえていたのは曇天だが蟬の鳴き声がするし、少し遠くではゴミ収集車の音も聞こえる。頭痛に加えて少し前から体調が悪く、ここ数日、起きて拠を見送ってから床に臥しがちだ。

とにかく今、母の使っているスマートフォンの画面の中の電話マークの右上には、小さく◯が添えられている。**〔それは電話の着信があったというサインだよ〕**メッセージを送ると**〔なんで。誰から?〕**不機嫌そうに聞かれても、こっちも分からないよ。

母は通話用に昔の携帯電話も持っている。だからスマートフォンの方に電話がかかってくるはずないのだが、それでも迷惑メールのように、なにがしか来るのだろう。普通、その電話のマークを触ればもう、○も消えるものなのではないか? **〔それが消えないの〕**らしい。

そのスマートフォンのテレビ電話機能で教えるわけにもいかない。ここでなぞなぞです。スマートフォンでは絶対に撮影できないもの、なーんだ。答えは「そのスマートフォン」というわけで、スマホのテレビ電話で、そのスマホの「右上のポッチ」の消し方を教えるのは、とてもとても難しい。以前、別の不具合についてテレビ電話機能で説明しようとして、すでに陥穽(かんせい)にはまったところだ。

いっそ、教えにいこうか。飛行機移動だとして、往復でいくらかかる? 画面の中の丸が小さければ小さいほど、それを消して日帰りしたらさぞかしスカッとするだろうな。

だいたい、スマホもスマホだ。なんで、右上にポッチなんかつけるんだ。いや、なんでといいつつ本当には分かる(あ、誰かから着信きてる。見逃すところだった。ポッチのおかげで気付くことができて助かった。スマホ気が利くぅ!)。

……そういう人は、ポッチを消すなんてこともまた、たやすいのだ。若い後輩の「皆までいうな」の肩をまた思い出す。

母のせいではないが「スマートフォン」という語からすごく遠いやり取りを(その名称の物でも

って）させられることに、苛々する。

ポッチを取るために、飛行機に乗ってもいいのかもしれないな、とも考える。しばらく母の顔をみていない。深刻な手術とか介護のため帰るのでなくても。母は老いているし、自分もそんな風にふるまうべき世代なのかも。でもさすがに今日明日、それもポッチのためだけにというわけにはいかんよな。

〔**放っとけば**〕という返信を不意に思いついた。右上の丸がなんだってんだ。

だるい体を回転させてスマートフォンを手に取って画面を出して、あっと声をあげる。星子の電話マークの右上にもポッチがついていたのだ。

「わあ、助かるなあ。ポッチのおかげで着信を見落とさないですんだや」星子は口に出してみた。実際にはまるでそんな気持ちは起こらない。着信は知らない番号で、留守電も入っていたらしい。着信時間は一週間以上前の深夜。ちっとも「見落とさないですん」でない。久々に終電を逃して、副担任の千場先生と呑んでいた夜だ。千場先生には「なつかれた」という感触があって、あれからすぐにメッセージアプリの「友達申請」がきて、それにはすぐに応じたのだが、電話アイコンの「右上のポッチ」にはずっと気付かなかった。電話をあまりしなくなったから、気付いていなかった。老いた親に教える側にいるつもりが、どちらかといえば自分も親の――使いこなせていない――側じゃないか。

留守電を聞いて、どっと汗が噴き出る。称君から。しかも、録音を聞けば呑みの誘いだった。

「急ですがすみません。今から軽く呑めないかなって思ってしまって。本当、気にせんといてください。ほんますみません」
　酔った千場先生をタクシーに押し込んでいたころか。あのあと称君と合流していたら。

〔ごめん、ポッチに気付かなくて！〕と慌ててメッセージアプリに入力する。いやいや、**〔ポッチ〕**じゃ称君には通じない。慌てて**〔電話〕**に入力し直した。送信するとすぐに返信がきた。

〔なんのこと？　電話なんかしてないよ〕噴き出たばかりの汗が今度はさっとひいた。間違って母親に返信してしまったのだ。

　短い文言だが必死に読み返す。別に、実の親にみせられぬような文言は書いていない。ただの、事務的な返信の言葉だ。

　あぶね、アブネ！　セーフ！　星子は胸を大きくなで下ろす。四十半ばのこの年になって、親の前で食う類いの泡ではないな。食う類いの泡。自分の言葉に少しウケて、汗をかき肝が冷えたせいで元気が出た——というか、寝る力が削られた——気がして、星子は本格的に起きることにする。したくない部屋の掃除をして、それから称君に返信をしよう。腰を据えて、ではないな。ええと、とにかく落ち着いてだな。自分のスマートフォンの画面の、電話アイコンからはポッチがちゃんと消えている。その、ほんの小さな◯の消失を、まだ自分がそれほどには衰えていない証のように感じながら立ち上がる。あれ？　思ったよりも元気になってる、私。

　詳しくないけど、サッカーでは序盤に1点とられるとむしろそのチームのほうが強くなるって聞いたことがある。麻雀に「振り込みヅキ」というのもあるな。冷や汗が自分に活を入れたと星子は思いながら、掃除機の持ち手を前後させた。その手前の、称君からの誘いの連絡が嬉しかったのだということが、心の表面には少しもよぎらない。


　翌日、久々に会う称君は髪を赤に染めていた。

「実は、夏休みにゼミの仲間と映画を作るんですわ」

「役作り？」

「似合いませんよね」いや、似合うよ似合うよ。とりなすみたいな言い方になってしまった。最初に映画館でみかけたときの、拙の遊ぶゲームの中のCGキャラクターの印象をちょっと思い出す。ゲームの中の美形キャラクターは開始前に、ボタン一つで髪型や色を簡単に（遊び手の好みに）変更できる。そんな風にボタン一つで変えてきたわけではないのだろうが。それくらい簡単に決めたというか、少なくとも「思い切って」という風ではなさそうだ。

　称君は映画作りの参考のためにと『ロボコップ』の続編を観ておおいに落胆した話をした。そういえば、タダ券で二人で一緒に観たのが『ロボコップ』だった。あれを参考って、どんな映画を作るんだい？　第一作のリバイバル爆音上映を二人で観て盛り上がったのが、もう三か月前のこと。思えばけっこう長い――まあ、それほどでもないが、短くない――付き合いだ。蒸し暑い曇天の都心の街を二人は歩いていた。ちょうど星子には観たい個展があって、付き合ってもらうことになった。そのあとのことはまだ決めていないから、もちろん星子はドキドキしていた。

「だから前に言ったじゃない、2からは駄作って」星子は映画好きの先達として余裕を示したが、それも星子の先達の受け売りで、実際には観てさえいない。映画やアートって、年齢差があっても会話の糸口になるからいいなあ。映画やアートに対して普段は抱かない素朴な効用を見出す。

「『猿の惑星』でも、よく同じこと聞きますよね」たしかに。一作目だけが傑作で続編はクズと。それもまた、かつての先達に余裕めかして言われたし、実際に『猿の惑星』を全作観て確認したりはしていない。ただその言葉だけを覚えている。

「『○からは駄作』って、駄作なのに、いう人みんな、どっか嬉しそうですよね」

「未来を知っているっていう優越感かな」年上は総じて、年下より物をみてきた総量が多い。それは当然のことだから、普段はそのことで優越を誇示しないのに、映画についてはなぜかそれが出てしまう。「知識」でなく、その映画で描かれる二時間分の「未来」を生きている感じがあって、ついついしみじみと漏れ出てしまう感じだと星子は見解を示し、称君は領いた。

やっぱり、称君と話せて嬉しい。話題は映画のことだけど、映画の筋とか俳優のよさのことでない、なにかの感じ方のことを話せるのが。

「そういえば今度『ターミネーター』の新作があるけど、3と4はなかったことになるらしいですよ」へえ。今度の新作は大ヒットした「2」の直接の続編であるという触れ込みらしい。それはなんだか複雑だ。複雑なのは『ターミネーター』が未来を変える話だからでもある。若者が昔の映画のシリーズについて、年寄りよりも情報が早いということも面白い。

「星子さんは当時、劇場で観たんですか。『ターミネーター』は」

「いや、田舎だったから」母の車で遠くの街にいったときにしか、映画は観られなかった。でも、評判は耳に届いた。公開直後のラジオで、深夜放送のDJが興奮して、ただ筋書きを喋るだけで放送が終わってしまったことがあった。テレビ放映された翌日は、クラスの皆が大興奮していた。皆の熱い語りで、醍醐味が伝わった。ターミネーターの、何度撃たれても立ち上がるしつこさとタフさ。後年ブルーレイで鑑賞したら、なるほどよくできている。サラ・コナーを救いに来た男と、殺しに来たターミネーターと、正体がすぐには分からない。どちらの男も謎で、敵か味方か分からないよう巧みに描写してあった。知らずに観たらドキドキで胸が張り裂けちゃうだろう。自分はもう知っていたから張り裂けなかった。「その未来」はもうないのだ。

「そんなにですか」と称君が感心するのも、彼も不朽の名作の梗概を知ってしまっていたがゆえだ。

「盛り上がったのは、濃厚なベッドシーンがあったからかも」テレビでは通常カットしそうなところ、筋に関わるセックスだから外せなかったのだ。

「アハハ、なるほど」振り向いて笑う称君の赤髪が、見慣れたものになった。違和感を覚えていたわけではないが、破顔したことで急にしっくりきたのだ。星子は自分の連載小説のことを思った。未来にやってきて戸惑う主人公も次回、髪を染めたらどうだろう。

「あ、拠ちゃんとは和解されました？」

「それな」拠もよく用いる若者言葉が咄嗟に出た。そうだ、称君は理転文転で喧嘩したことしか知らない。事態はもっと複雑になっているんだ。狭い路地に入り、向こうから車もくるので称君が先を、縦並びに歩いた。

あの夜、千場先生に聞いたこと――拠が塾の先生と付き合っているのではないか――について、夏休みになった今なお、拠に問い詰めていない。勝手に、わずかに目撃したやり取りからもう、終わってしまったことに見受けられたからだ。親は子を監督しなければいけないのだとして、ある意味もう、監督しそびれてしまったことになる。今はもう失恋しているのだとしたら、失恋って、どんな声かけも野暮にならないか。それは親ではない、友人の考え方かもしれない。つまり、親というものはすべからく野暮を発揮すべきものなのではないか？　分からない。

「実は、今日は星子さんにお願いがあるんですよ」軽自動車がまた前方からきたので称君は足をとめ、二人はさらに端に身を寄せた。

「夏休みに映画を撮るんですけど。それで脚本も僕が書くんですけど、星子さん、みてくれへんかと思って」立ち止まったまま、称君が切り出したのは意外なお願いだった。

「え、私が？」

「だって星子さんって作家でしょう？」

えっ！　星子は混乱して自分の着ている服をみてしまった。外国人が面白がって（か、意味を知らないままに）着ている日本語の書かれたTシャツがあるけど、ああいう感じで「作家」って大きく書いてあるんじゃないだろうな、と疑ったかのように。

第十一話　地獄でなぜ悪いかといいますと

「これでは読めないなあ」星子は称君にスマートフォンを返した。我ながら偉そうだな、と思いながら。チミィ、これではダメだよ、イカンよ。……いや、そんな書類を突っ返す昭和の上司っぽくはなかったが。

先刻の一言によって、出会ってからずっとフラットだった二人のやり取りに、年と別の「上下」が不意に発生してしまった。

称君のスマートフォンはとても大きく、操らない方の手も添えなければならないほどだった。背には「スマホリング」と呼ばれる「指通し」が装着されている。電車の中でこれを見かけるたび、西洋風の扉をノックする、ライオンの意匠の、金属のあれ（ドアノッカーとでも呼ぶのか？）を星子は思い出したものだが、実物をきちんとみるのは初めてだ。そもそも人の使うスマートフォンをしげしげみる機会は案外ない。「これみてみて」と手渡されることがあるが、それは大抵、本体でなく「画像」をみせられるのだ。

その、ドアノッカー部分に指を入れることで、スマートフォンをよりしっかりと保持できる、というわけだ。星子はこの金属の物品についてなんとなし思うところがあり、普段だったらそれを称君に聞いてもらったろう。しかし今日は、そういう気持ちになれない。

店員からビールのジョッキを受け取りながら星子をうかがう称君の表情も神妙で、つまりは感想の言葉を待っていたのだ。さっき称君に「映画の脚本の草稿を読んでくれ」と頼まれたことに対して、別に怒りを感じてはいない。感じる道理もない。

「そうですか」称君は残念そうにスマートフォンをしまったが、星子も少なからず落胆していた。そんな自分を認めたくなく、ずっと——ギャラリーでも映画館でも、こうして店に入ってからも——明るくふるまっている。蒸し暑い都心を昼から歩いた末のビールは、心中に生じるもの寂しさとは無関係に美味しい。大きく息をついて、ジョッキの泡の動きをみる。居酒屋の店内は混んでおり、ちょうど店の中央あたりの席だったこともあり、賑わいに囲まれてビールを呑んで息をついた自分を、ビールのコマーシャルの人みたいだと思う。

同時に、吐いた息に「なーんだ」の落胆をそっと混じらせる。称君、そういうアレで、親しくなってきたのかぁ、と。そういうアレ。つまり私自身ではなく職業に、スキルに対して近づいてきた。

「注文いいですか?」ちびた鉛筆を持つ店員を称君は呼び止めた。

「焼き鳥、塩とタレか……星子さんはどっちにします?」いや、まだそうとは限らないじゃないか。今たしかなのは称君が「星子が作家だってことを知っていた」だけだ。

「じゃあタレで」明るい調子を崩さずに返答する。それに、あれだ。「僕も作家を目指してるんです、原稿読んでください」と言われたのよりまだ少しマシだ。年齢問わず、誰であれ「作家を目指してる」という（働かない）男に共通して生じる「ハズレ感」は、これは昭和育ち限定のものだろうか。令和の女子学生は「作家になると公言する男」にもフラットだろうか。

「あとハムカツと納豆オムレツください」星子の心中の揺らぎなど頓着するわけもなく、深刻でなさそうな料理ばかりを称君は挙げた（居酒屋に深刻な品なんかないだろうが）。前に呑んだときもそうだったが、女性を気遣って無理してサラダとか頼むことがないのは素だろうか、あえてだろうか。

先日、擲の副担任の千場先生とサシで遅くまで呑んだ際、称君への好意をポロリ、口に出してしまった。あのとき他人に聞いてもらったことで、称君を好きという気持ちに輪郭が伴ったというか、自覚が生じてしまった。そうだった。言葉って強いんだったわ。

私なんか釣り合わないだとか、どうせオバサンだしといった、若者との付き合いを考えた際に常識的に抱くような「気後れ」は、実はあまりない。まだ、ほぼなにも起こっていない未来に対して過剰に卑下しても仕方ない。好きと思ってるだけで、先のことをなにも考えなければ、それはただ甘美なだけだ。

ウットリと浸りきっているわけでもない。称君を綺麗な顔だとみとれていたのは最初のうちだけで、何度か会って相槌をうちながら観察していくうち、工芸品というよりはもっと親しみやすい、系統でいえば猿顔と思うようになった（顔よりも、肌や髪に若さで栄養が行きわたっているのが伝わり、これもウットリというよりも羨ましさを先に抱く）。顔つきが、話しかけやすそうな柔和さをたたえており（実際に柔和なので）、学内でもバイト先でもきっと人気者だろう。

そんなだが、ズルさもある。キスしたあとでもしれっとしていられる男だ。同世代なら疑心暗鬼に苦しむ恋になったかもなあ。

私は大丈夫。焼き鳥を串からバラそうとして出来ないので、黙って称君に手渡した。

「えー、なにこれ硬い、かったいわ！　なんでなん？」さんざん割り箸で肉をずらそうとして動かず、串に目を瞠(みは)っている。称君はズルいが、千場先生のような謎の力は持ちあわせていないらしい。

なぜ今「私は大丈夫」と思うんだろう。

年長者だから？　いくつかの恋を——始まりから終わりまで——経験してきたから？　たしかにそうでもある。

私は拠を育てたから、といういっけんあまり関係のなさそうな答えが浮かぶ。そもそもいつまでが「育て終え」か分からないし、今現在も拠は危なっかしいんだが、一応、オギャアオギャアという状態から今までは育てた。だから大丈夫？　なんでだ。目下、落胆していることもたしかなのに。男の作家は肩書でモテるが、女の作家はひたすらモテない。なにか洞察され、性根を見抜かれてしまうんじゃないかと警戒されるだけ。いつか呑んだ同業者がそうボヤいていた（「ひたすら」に実感がこもっていた）。

「いいよ、もう」手こずる称君から焼き鳥串を奪い返し、半分食べて残りを素早く返し、ビールを呑み干す。

「ありがとうございます」称君、素直に残りをかじり、ビールを空ける。

「さっきの脚本、文字が小さかったですかねー」気付けば、一度しまったスマホを再び取り出し目を落としていて、称君はまだ未練がありそうだ。

「いや、そうじゃなくて、スマホで長い文章って、なんだか読めなくて」

「星子さんって、小説も手書きですか？」

「いや、ワープロ……じゃなくてパソコンだけど。称君は脚本もスマホで書くの？」

「脚本を書くの、初めてなんです。でも、大学のレポートも、なんもかも俺はだいたい全部これで書きます……じゃあ、データをメールとかで送ればいいですか」

「いや、きちんと読んでほしいなら、紙に印刷して送ってほしい」ダメ出しをしたのに、称君の目には輝きが宿った。プロがプロの世界のやり方を教えてくれた、みたいな風に受け取られたのではないか。それも軽くうっとうしい。

「あ、今日は行きましょうよ、あのとき行けなかった、カラオケ」

「脚本はいいの？」

「星子さんに読んでもらってから改稿するんで。あ、でもそういえばカラオケは、近々行くんでしたっけ……シホゾーさんと」

「なんでっ」志保をおまえ、なぜ知っている！　星子は目を丸くし、椅子を鳴らして身構えさえした。

「星子さんの公式ツイッターをフォローしたんですよ、最近ですけど。夜中によく会話しているShiho-zouさんって人。あの人、超面白いですよね！」

「うん……」星子は繁盛する居酒屋の喧噪の合間に、ブンブンと暴力的な強さの風切り音をたしかに聞いた。

　オソロシー。オソロシー。少し前、元夫のフェイスブックに対して思ったこと「人生が筒抜けじゃないか！」が、ブーメランのように星子を打ちのめした。

「お待たせしました、納豆オムレツでーす。ご注文、以上でお揃いですか？」

「あ、うん。私はいい」かろうじて返事をしているところにスマホが着信を告げる。ちょうど志保からのメッセージだ。**【今どうしてる？】**だと？　なんて嗅覚の鋭いパパラッチのハイエナめ！

　いや、ハイエナじゃないし偶然なんだろうけども。

「大丈夫ですか？」称君、ジョッキ越しに面白がってる顔をしている。また面白い寸劇が始まるぞ、というような。

「なにが？」

「今、星子さん舌打ちしませんでした？」

「してないよ。私したことない、人生でそんな舌打ちなんて一度も」

「一度もしたことなくないでしょう。今も絶対してましたよ。『チッ』って！　鳴ってましたって」

「よし、カラオケ行こう、カラオケ」笑いながら遮る。称君、いいのかな。今日は午後からずっと、私「なんか」と一緒に過ごしている。一瞬、常識的な弱気が兆すが、称君も受けて立つという表情になっている。芝居がかった立ち上がり方をした勢いで称君の手をとって立ち上がらせてしまう。

　スマートフォンで検索するまでもなく、居酒屋を出てすぐ、細長いビルに縦書きの「カラオケ」の看板はすぐにみつかった。そして、二度目のキスもあっけなくなされた。例の、時間がずっと経過していないようなカラオケ店の廊下で、どちらからともなく。胸が甘い気持ちで満たされる一方で、でも、これは恋ではない、ただセックスへの流れなのか。だとしたら大丈夫か、私、と焦る気持ちも湧く。いろいろな意味で心配は心配だ。

「前に言ってたカラオケの『テーマ』、あれからまた一個浮かんだんですよ！」少人数用でテーブルが大きい部屋の、大型液晶モニタに面する壁のソファに二人、お尻を滑らせた。二人きりで個室だが、キスの高揚はいったん薄れ、まずカラオケを純粋に楽しむ気持ちになっていた。一応——警戒なのか期待なのか自分でも分からないまま——称君をみやる。居酒屋にいるのと同じ屈託のない——読めない——顔。

目が合うと、あれ、やはり工芸品のようだ。余裕がなくなる。映画館やカラオケの個室の照明の暗さのせいか。目の潤み方が綺麗。瞳も肌や髪と同じ、若さでつやめくんじゃないか。

「『あぁって言うカラオケ』ね。あれも志保が考え付いたんだよ」慌てて顔を背けながら、彼が志保を知っていることをやっぱり妙に感じる。ネットの仕組みでそれは可能なことだと分かるが、なんだかいつまでも得心がいかない。

称君の入れた曲は星野源の『ＳＵＮ』。これは拠と志保とのカラオケでも歌われた曲で「あぁって言うカラオケ」としての純度はかなり高い。なにしろサビが「Ａｈ」だけ！　音程も外せないし、抑揚を歌声でつけなければならない。実は難度が高い曲だと思う。へえ、称君、歌うとそういう声なんだ。好きな人に抱く感想が、娘の歌声に思ったのに近い。それも不思議。

そうだった。人を好きになるって、いろいろ不思議なんだった。恋するのは信仰と違う。謎めいた気配と、健全な若い精気をたたえて、屈託なく近付いてくる男に魅了されていながら、どうってことのないそこらの若造だと分かってもいる。

よくよく付き合ってみるうちにどうってことのない若造だったとだんだん分かるだろう、と思っているのではない。今もう、魅了されかつ分かっているのだ。そういえば、スマホリングをする男と、若かったら自分は恋しなかった。星子が若いころ、スマホリングはなかった（スマホがないんだから当然だ）が、とにかく金属のものを身につけたがる男を、星子は侮(あなど)っていた。髪を染める男も。好きと侮りは両立する。

「昔の歌でもいい？」やはり、好きな男に、娘にしたのと同じ配慮をしているのが不思議。

「ぜひ」同意を得て選曲したのは山口百恵『イミテイション・ゴールド』。金属を揶揄したかったわけではないが、漠と考えていたことに呼応する題名に我ながら驚く。

歌ってみて思う。志保のいう通り。「ああ」が入る曲は名曲ばかり。

ア・ア・ア　イミテイション・ゴールド

「声が違う　年が違う　夢が違う　ほくろが違う」たまたま、年の差が歌われているのも「呼応」といえる。

「僕、『あぁ』の曲はあと一曲だけ。それは後にしときますね……あ、あかん催促や」大きなスマホを取り出し、画面を嫌そうにみながら称君は立ち上がった。手刀で謝意を示して称君は部屋の外に出た。称君が歌うつもりだった曲名が大きくモニタに表示された。大きなデンモクをみつめ、一時停止のボタンを探しだし、称君を待った。

　しかし称君はその日、戻ってこなかった。

　廊下に出て、トイレまで様子をみに行き、戻ってくるまでに（もしかして、戻ってこないな）と予感が芽生えた。午後から抱いたのとは別種の落胆が生じる。かつて知るタイプの——それなりに恋愛をしていたころの、侮られたり軽んじられた際の——落胆。**〔もしかして、戻れなくなった?〕〔なにかトラブル?〕**メッセージを二通送った。安否の不安がさほど浮かばないのは、これも年の功。嫌な年の功だ。星子はソファにあぐらをかいて腕組みなんかした。大きなモニタには称君の次に歌う曲名『地獄でなぜ悪い』が大写しのままだ。

　彼はどこにいってしまったのかという不安よりも（もう戻ってこないな）という予感に、より確信がある。そのことに対し、苦笑いこそ漏れなかったが、一種独特の感慨を覚えることはたしかだ。これとまるで同じ目にあったことはないが、スマートフォンに目を向けたときの、誤魔化す表情や立ち上るしぐさを、人生のどこかですでに見てきた。恥ずかしい、色恋の、修羅場の、その発端だ。

「『地獄でなぜ悪い』かって?」星子は画面の中の言葉に目を向けた。

「そんなの決まってる……」つぶやいてみたが、気の利いた二の句は続かず、星子は曲名に照らされ続けた。

第十二話　託宣

過去を歩く未来　連載第六話

善財星子

夕暮れの道を通り過ぎていく自転車にトオルは耳をすます。

「どうしたの」狭い路地を縦並びで歩いていたオーバさんが振り向いて尋ねた。

「なんでもないです」

トオルが一九八九年の夏からおよそ三十年も未来の世界にやってきて以来、すでに三ヶ月がたっていた。

「もしかして、なにか思い出した？」オーバさんはまだ、トオルのことを記憶喪失の若者だと信じている。最初から今までずっと、嘘みたいに親切だ。まだしばらく居候させてもらうつもりだから、信じていてもらった方が都合がいい。オーバさんはトオルに対してその台詞――なにか思い出した？――を言いすぎて、今ではちょっと反射的に出ている。アリサにもたしなめられていたっけ。

いえ。首をふるにとどめて、重たい買い物袋を持ち直す。

「そう」オーバさんは、トオルがなにも思い出さなかったと知ると常に悲しげに嘆息するので、彼の胸は痛んだ。

また別の自転車が通り過ぎ、耳をすましてみる。さっきの自転車からはモーター音が聞こえた。トオルにはなじみ深い音。今度のは、音がしない。今のこの時代の自転車だ。さっきのは年老いたオーバさんにも「なつかしの音」なのではないか。でも、特になにも感じていないみたいだ。

未来の自転車は、ライトがウインウインと鳴らない。

星子は手をとめた。読者に分かるかなあ。もちろん、ファクトとしては分かるだろうけど、面白みは？　星子は寝巻のまま伸びをして、椅子をきしませた。

『小説春潮』の星子の連載小説だが、ここまで好評か低調なのか、ぜんぜん分からない。ネットをみても誰もなにも云々してない。未来の（今の）若者の靴下は短くて、ときどき爪先に「R」と「L」って記してあるとか、そういったことを書いてきたが、誰も「そういえば！」と言ってくれない。皆、この「まるでスペクタクルでない未来」小説の醍醐味を、分かって読んでくれてるだろうか。もう少し、自転車のライトの新旧をくどいくらいに書かないと「そういえば」と思ってもらえないかもしれない。よし。

自転車の前輪脇に取り付けたパーツを車輪にくっつけ回転させて「発電」させライトを点灯させる仕組みではなくなった。空白の三十年のどこかで起きた変化だ。久々に、かつて聞いたウインウインの音を耳にして、自分が暮らした時代への郷愁があふれた。夕暮れの河沿いの道を、自分も「チャリンコ」を立ち漕ぎして、漫画雑誌を買いに、テレビの放送に間に合うように、その音を立てた。

しかし、これまた、なんとささやかな「進化」なんだろう。

トオルはもう、自分が未来に来たことを疑っていない。インターネットも、薄型のばかでかいテレビもみて触って把握した。そういった「未来っぽい未来」に驚いたのは最初だけだった。未来に来たのだ、と信じるに足る説得力はむしろそれらの発光する液晶画面の中の情報でももたらされたし、信じてみると、いちいち驚くことはなくなっていった。

自転車のライトのようなことには、三ヶ月たった今でもいちいち立ち止まる。むしろ退化じゃないかと思ったのだ。

電池が必要だなんて、と。

未来にきて間もないあのときも、手でボタンを押さなければ開かない、退化した自動ドアに混乱し取り乱したことで、オーバさんと知り合えた。そういうことへの驚きは手放さない方がよいという予感がトオルにはある。手放すと、もう元の時代に戻れなくなってしまうんじゃないか。緩い坂道を登り切ったところでアリサからメールの着信を……と書きかけたところで星子は手を止めた。リメンバー！　担当編集の朝井が地獄の業火を口から吐いた、あの日の打ち合わせを思い出せ。連載開始から三回も「メールの着信」で「次回につづ」いてしまったことを指摘されたではないか。

いやいや、ここは次回への「引き」ではない、ただの場面転換なんだから。それに、メールくらいいつだって着信するだろうよ。

気を取り直して立ち上がり、鍋に湯を沸かす。そうめんを一束つかむ。昨日の昼もそうめんにした。昨夜の茄子の肉味噌炒めの茄子を刻んで、そのままつけ汁に入れて食べてしまおう。

「私も食べる」背後から抛に声をかけられる。

「おはよう」そうめんをもう一束取り出した。塾は今日、午後からといってたっけ。

「お母さん昨日、どこまで観たの」動画配信のドラマのことだ。

「シーズン2の最後まで」

「絶対言わないでね、言わないでね」ドスの利いた声で告げると顔を洗いに消えた。筋の続きを言うな、ということだ。

「それよりか『いだてん』の録画、早く消化してよ」洗顔料の泡だらけの顔で戻ってきて、要望を付け足してまた引っ込んだ。ハードディスクレコーダーの残量がキワキワなのだ。抛の特撮番組だってけっこう溜まってるんですけど。

理転文転の言い合いでぎくしゃくして会話が減っていた二人が親密さを少し取り戻したのは、京都のアニメ会社の大変な放火のニュースがきっかけだった。

夜、建物のすべての窓から黒煙がふきあがる火事の映像を、それぞれ異なる機器の画面で観た。翌々日ごろの午前中の、深刻な面持ちで続報を述べるテレビを拠がリモコンをかざし——居合で一閃という感じで——消してしまってから、会話に弾みがついた。

拠になにかを教えたわけではない。野次馬が軽々（けいけい）に言葉を言うもんじゃない、というようなことを、あらたまって教育した覚えがない（夫はどうだったろう）。自分で勝手にそうなったんだ。星子は誇らしくなった。

「美味しい、これ」

「昨日の残りだよ」

「あ、そうか」麺をすすりながら、先ほどまで書いていた小説の次の場面を思う。作中のトオルは若者でほとんど料理をしない設定だから、そうめんの食べ方が三十年前には考えられないくらい多様になったことについて、なにも感じることはないだろう。今の、拠がそうであるように。

幼いころの拠はすべての麺類を「チュルチュル」と呼び、つゆを散らしながら小さな口に吸い上げていた。そのころはまだ、そうめんは、つゆで食べるものだった。薬味の海苔や葱以外に具なんて入れなかった。だんだんと世の中、なにを入れてもいいことになった気がするが、誰に叱られるわけでもないのに、星子は本来の食べ方を最近まで守っていた。それゆえ、そうめんがあまり好きではなかった。

こうして様々な食べ方をしてみると、そうめんのなんと楽なことか。昔からあるのに、これもまた未来の食品と感じさせる。

「新しい食べ方の提案」が、最近特有のことなのだろうか。いや、昔も昔なりに「新しい食べ方の提案」ってあった。「ママは生卵を入れてオロナミンセーキ！」という古いコマーシャルのフレーズが浮かぶ（それは料理のことではないな）。

主人公を居候させている年老いたオーバさんにそうめんを作らせて、昔のことを語らせたらどうだろう。そういう感じ方の微差（年月や、人によっての）が目下、星子の書きたいことだ。ウケなくても、そういうことしか書けない。

「そういえばさ、やっとキスしたよね」

「あんた、シーズン2のどこまで見たんだっけ」

「違うよ、お母さんの小説だよ。アリサとトオルがやっとキスしたね」卓の端に出しっぱなしのノートパソコンを顎でさしながら拠は言った。

「え、読んでるの」思わずドスの利いた声が出るが、そういう芝居がかった過剰な反応にも拠は慣れっこだ。

「トオル君、連載の最初のころより恰好よくなってるよ」

「そうかな」星子は箸で持ち上げていたそうめんを口に入れず、つけ汁に戻してしまった。この連載の構想中に、星子は称君と会うようになった。だからといって称君の言動が、小説に反映されているわけではない、つもりだ。

星子の小説において年を取ったオーバさんは星子だし、主人公で若者のトオルもまた星子だ。三十年の年月をワープしてトオルが驚くことは、そのまま星子が驚いていること。つまり、年寄りの気持ちや若者の気持ちになって書くのではない。別に「ボヴァリー夫人は私だ」とかいうような高尚なことでもない。星子は人間の「気持ち」に興味がある。気持ちってものは、年齢や性別に、実はかかわらないだろうと思っている。

でも無意識に、他者が反映されていた？　作中の若い娘と主人公をキスさせたからといって、それは自分のキスのシチュエーションとは異なるし、実際に若い男と「狭い路地を縦並びで歩いた」ことを書き付けたとしても、実生活のすべてが「反映される」とは思えない。大急ぎで脳内で検証するうち、食べ終えた拠は身軽に立ち上がり、台所に器と箸をさげて、スポンジを泡立て始めた。

あの夜、カラオケの個室で彼に送ったメッセージが「既読」にならないので、一時間待って退出した。翌日になって謝罪のメッセージが普通に届いて、いよいよ星子は落胆するしかなくなった。そのまま音信不通なら「安否を気遣う」ことになったわけで、そうならなくてよかったものの、平謝りされたら残るのは「軽んじられた」事実だけだ。すっぽかしの言い訳も「友人に頼まれていたショートムービーの編集の〆切をど忘れしていた」というもので、あのとき既読をつけないほど切迫していた状況を少しも説明できていない。

だが、星子は追及しなかったし、称君の脚本を、星子は読んであげることにした。仕事用のメールアドレスを教えると**〔本当ですか!!〕**と喜びの返信とともに、すぐ送ってくるかと思ったら、**〔やはり、きちっとリライトしてから送ります！〕**と張り切った言葉を寄越したきりだ。会って渡しますと言ってほしいんだがな。お喋りしたり、触れたりしたい。まだそんな気持ちがくすぶっている。

遅れて食器を手に立ち上がり、抛の横から手を伸ばし、シンクに置いた。みると抛は勝手に新しいスポンジをおろしてしまっていた。前の、まだ使えたのに。洗剤もそんなにつけなくていい、と説教しかけるが飲み込んだ。

「お母さん、食べたら忘れないで」逆に薬の飲み忘れを警告された。

「Sure, mom.」すごく面倒くさそうな、子供が親にするときの了解の返事をする。

「急に英語」相手にしない、という含みで笑われる。元ネタは映画『ナイト・オン・ザ・プラネット』でウィノナ・ライダー演ずる年若いタクシー運転手が、後部座席のジーナ・ローランズ演ずるところのセレブ客に無遠慮に放ってみせる一言。

ウィノナのつもりで、抛がコップに汲んでくれた水をすっと受け取る。ゴキュゴキュといい音で食器がスポンジにこすられるのを聞きながら、貧血の薬を飲み下す。錠剤が食道を下っていくのが一瞬分かる。

抛はジャームッシュは観たことあるかしら。ウィノナ・ライダーの恋人だったジョニー・デップの腕にかつて彫られた「ウィノナ・フォーエバー」のタトゥーを知ってるだろうか。後に消された、誓いの入れ墨を。今の若者は昔のヒット曲をよく知っているけど、だからといって昔のすべてを知ってるわけではない。それそのものを知らなくても、それに置き換わるような「強固な恋（と恋が終わること）を象徴する逸話」を、二人はなにか知っているだろうか。ウォークマンにiPodが取って代わって、今はスマートフォンになったように、逸話の「代わり」はあり続けるのだろうか。

今、脳内で初めて「二人」を並べて考えた。抛と、称君とを。違うところに区分されていたが、そのように並べて考えるのはとても自然なことだった。

日焼け止めを腕に塗り込むと、抛は明るい声音で「いってきまーす」と出かけていった。自分の使っているのとは異なる日焼け止めの容器が卓上に残された。明るい声音は、気持ちが明るいことを単純に意味しているだろうかと考える。

恋愛の話どころか、学校内でうっすら気まずいことを今でも抛は打ち明けてこない。仮にひどいいじめに遭っていても、抛はきっと言わないだろう。

星子はストレス解消という言葉を信じない。ストレスという言葉は当初「ストレス解消」と複合語で広まった。

ストレス解消なんて嘘だと、言葉が流行ったそのときから強く思っている。バッティングセンターで嫌な上司にぶつけるつもりでバットを振るとか、カラオケで思い切り歌いまくるとか、デパートで散財するとか、そういうことで問題の本質は解決しないと思っている。

それなのに、抛のストレスに対して星子は踏み込まない。むしろ、また志保と会うから誘ってみようなどと思った。

「我々にはレジャーが必要だ」とかつて親友たる志保は言った。ストレス解消のためではなく、それが生きる目的であるという託宣のように星子には響いた。ちょうど（という言い方も変だが）志保はまた落ち込んでいる。ツイッターをみれば分かる（志保は京都で起きた火事について我がことのように悲嘆していた）。

抛の帰宅はその日、遅かった。志保と三人でスーパー銭湯に行く提案をするつもりだったが星子は少し呑んでしまった。実際には少しではなかった。貧血気味なのに体調を過信してもいた。

「お母さん大丈夫⁉」という言葉はたしかに聞いた。暗い室内でソファから滑り落ち、ベロンベロンになっていた星子は、拠の駆け寄ってくる気配を感じながら意識を失った。

　意識が戻ると、視界には拠ともう一人、称君がいた。二人とも心配そうな表情。なぜ二人が一緒なのかと目を剝いて飛びあがるのはもう一度意識を失って、目覚めてからのこと。むしろ暗い照明の中、若い二人が並ぶ様子は星子にとってごく自然なものに思え、星子はうっすらとだがほほ笑みさえ浮かべたのだった。

第十二話　夢はピョッピョと

「今日はまだ、呑まない方がいいですか？」前を歩いていた千場先生が、振り向いて急に言う。

「え？」

「お酒。たしか、こないだ自宅で倒れたって聞いて。大変だったんですよね、大丈夫でしたか？」

星子の口から「ドキッ」と擬音がもれそうになった。

「いやもう、すっかり大丈夫ですんで。もう年なんで」反射的に出た返答は「大丈夫」と「年なんで」と、まるで逆のことを言ってしまっている。大変だったことへの返事と、なんで倒れたかということへの言い訳を順に述べたのだが。

「今日は呑みます、呑みすぎないようにしますんで、いやはやハッハ……」またしても、ともに呑みたいであろう期待はかなえるし、健康を心配する気持ちにもこたえようとした結果、すこぶる落ち着きのない言葉になった。千場先生の言う「大変」というのが、どこまでを指しているのか。拠は先生になにをどう話したろうか。

自宅で酔い潰れて倒れ、目覚めたら実の娘と、実の（？）片思い中の年下の男に並んで見守られていたという、コメディでもなかなかないような状態は、娘側からみたらどうだったんだろう。

　五日前の夜、倒れたのを発見されたとき、ちょうど星子の手からこぼれたスマホが「着信」しはじめたので、摂は電話に咄嗟に出てしまった。なおかつ目の前の窮状を、電話の向こうの相手にオロオロと告げてしまったのだ。心配して駆けつけてくれた称君のことを、あとで摂には「脚本を書いている……」などと説明したのだったが、その通り信じただろうか。

　まあ、職業を疑うことはあるまい（むしろ、称君は全然、脚本家ではないのだが）が、「それだけ」の間柄だと素直に思うものだろうか。

　二度目に目を覚ましたとき、称君は——二日酔い用のドリンクとか買いものをしてくれたあとで——帰っていた。だから星子は二人が並んだところを夢だと思ったくらいだ。

　夢ではなかった。（マジ死にたい）ネットの中の若者みたいにそう思った。

　アプリの画面、**〔音声着信〕**の次に**〔とりあえず無事そうでほっとしましたが、どうぞ無理せずお大事に〕〔摂さん、素敵な娘さんですね〕**と称君からメッセージがピョッピョと相次いだし、なにより家の卓上に印刷された脚本が角型２号の封筒で残されていた——それが完成したからこそ彼は電話をしてきた——のだから。夢は（ピョッピョと）打ち砕かれた。酔い潰れた自分の寝姿はさぞかしひどいものだったろう。すでに期待していなかったが、こういう出来事のあと、称君と色っぽいことになることはあるまい。

　打ち砕かれてみると、なぜだか面白く感じられてもきた。醜態をさらしてしまったことで生じた羞恥をはねのけるための、やけのような気持ちがほとんどだが、間違いなく面白がる自分もいる。

「あの人、『君が梶ちゃんかぁ』って、フウーンて感じで私のことみて言ったんだけど、お母さん、よその人に私のことなに話してるの？」と梶に軽く責められた際は、トーストにバターを伸ばしながら「別に普通だよ」とトボけたのだったが。あの夜、薄暗い居間で、私だけが個別に知っている初対面同士が、フーンという感じでみたり、みられてると思ったり、してたのだなあ。

「あ、ここ」千場先生は不意に立ち止まった。ゲームセンターの前だ。

「ちょっと入っていいですか」今日は二人、お好み焼きを食べるはずだった。梶の進路についての話など別になくて、ただ誘われたのだ。星子は先日の自分の失態と結末を、むしろ率先して先生に話してみようと思っていた。なにしろ一応は、自分の気持ちをただ一人、打ち明けたことのある人間なのだ。

「うちの生徒がいないか、見回っておきたいんですよ」と千場先生は続けた。

「あ、校則違反ですか」星子の子供のころ、ゲームセンターは不良のたまり場、非行の温床とされ、パチンコ、スマートボールとともに禁止されていた。今でもそうなのか？　千場先生はスマートボールって知ってるかな。

「いや、別に禁止してるわけではなくて、遊んでいていいんですけど、生徒たちが普段どういうところにいるか、なんとなく把握しておきたいから」他にも書店や、デパートみたいな学生がいきそうなところは、意識して歩いてみるよう心掛けているのだという。

「なるほど」

「とはいえ、別にそんなことで生徒のことがよく分かることもないし、事件や事故を未然に防いだこともないんですけどね」

「いやいや」さすが本職の先生だ。ゲームセンター特有の金属的な喧騒の中に千場先生は頓着なく足を踏み入れ、星子も後に続く。

　星子が久しぶりに入ったゲームセンターについてまず感じ入ったのはその広さだった。プリクラの機械とＵＦＯキャッチャーが並ぶ中を通り過ぎて、まだ奥にもゲーム機がたくさん並んでいる。こういう場所は、入ってみるまであらかじめ広さを見積もらない。建物の外観が大きくても、そのくらいの大きさだとか、思っていない。

　でも「思ったより広い」と思う、ということは、無自覚に推し量ってはいるのだな、広さを。星子が前回ゲームセンターに入ったのは、正確には分からないが、二十年以上前だ。あのときと同じ喧騒だが、当時より明るくなっている気がする。あのころ、ＵＦＯキャッチャーはすでにあったが、プリクラはなかった。星子の職業的な興味が、内側の記憶と、今みている景色とを照らし合わせ出す。

　昭和のゲームセンターの記憶も星子にはある。中学、高校のころ、街に一つしかない映画館の二階に併設されたゲームセンターは、本当に不良のたまり場だった。だから、後にＵＦＯキャッチャーがブームのゲームセンターに入った際、妙に明るくなった、かつては不良の巣窟だったのに……とすでに一度、自分は思っていたんだった。

　そんな記憶を脳裏に浮かべつつ店の奥まできた。麻雀ゲームの並ぶどんづまりをみて、格闘ゲームの列を戻ってきて、だいたい一周したが千場先生の姿はない。

焦ることはないと思いつつ、一応は捕捉しておきたい。けっこう広いし、背の高い――ほとんど小部屋といっていい――遊具やプリクラの機械も並ぶから、死角も多い。店内で行き違いを繰り返すことだって起こりうる。

入り口まで戻って、もう一度プリクラの並ぶ地帯を抜けて、麻雀のあたりまできて、それでもいない。はてさて。

(探すのをやめた時見つかる事もよくある話で) さっきはみなかった、格闘ではない、なにかのゲームの地帯を歩いてみる。CGのアニメ美少女が画面の中でよく動いている。そういえば、脱衣麻雀って今もあるのかなあ。星子のゲームセンターの記憶の一つに、勝つと女の子がヌードになってくれる麻雀ゲームがある。ゲームセンター自体の暗さとあいまってアングラなというか、当時の言葉でいう「ネクラ」なものにもみえたが、星子はそれが嫌いではなかった。手で温めると描かれた女がヌードになるライターとか、傾けるとヌードがみえるボールペンとか、そういう物品と同じ、他愛なさやバカバカしい面白さを感じたのだ。

今、目の前にあるゲームの美少女は、昔よりもはるかに垢抜けて表情豊かにふるまっているが、服は脱いでくれなそう。倫理の規定も変わっているだろうし。

そのこともまた、連載小説の中のトオルは「退化」と思うかもしれないな……などとつい考えたところで遠くの人だかりに気付く。

立って遊ぶゲーム機の、誰かのプレーを大勢が見学している。遠くからみるに、ゲームはとても未来的な映像のものだった（『トロン』というSF映画を思い出した）。画面の中のレールを光の矢となって走り、レール上の記号の上を通り過ぎるときにタイミングよく、的確なボタンを押すルールらしい。似たルールのものはほかにも多いようで、足でステップを踏むゲームも脇にはあるが、人だかりのしているのはそこだけだ。スーパープレーヤーが遊んでいるのだろうか。

別にゲームをみにきたわけではないので人だかりの脇をすり抜けるつもりで近づいていって、ぎょっとする。

大勢に囲まれ、遊んでいるのが千場先生だったからだ。備え付けのものだろうか、大きなヘッドフォンを装着していたから、似てるけど違う人とみなすところだった。

アノー、と思う。

もちろん、声はかけない。千場先生は両手を大きな、未来的なデザインのコントローラに、じゃんけんのパーの形のまま載せて、きびきびと動かしている。顔は画面に向けられ、表情は真剣な中に、してやったりという笑みも混ざっている。

（20のトリプル！）いつかの夜、連呼した声が浮かぶ。ダーツの腕はさほどでもなかったが、画面の光の矢の脇に表示される数字をみるに、すごい記録をたたき出しているのは間違いない。でもアノー先生、ここに来たの、たしか「生徒たちが普段どういうところにいるか、なんとなく把握しておきた」かったからでは？

「すっげ、ノーミス」と隣の男が連れの女に、千場先生のプレーを称賛したのが分かった。スマホのカメラを掲げ、現場を撮影している者も。

画面の中で増えていく数字に添えられた「ＣＯＭＢＯ」という言葉からして、連続でミスなく操作を成功させていることが分かった。数字が３００から４００と増えていくとだんだん、ギャラリー全体に緊張が走る。千場先生の表情からはしてやったりの笑みはなくなっており、気付けば星子も固唾（かたず）を呑んでいた。

同時に、変だなとも思う。この人だかりをだ。皆、告知をみて集まったわけではない。このゲームのファンも当然いるだろうが、たぶん、ほぼ全員が「通りすがり」だ。星子はもちろんそう。ルールだって途中からみて大ざっぱに把握したし、それがあってるかも分からない。それでも皆、同じ興奮と緊張を味わっている。千場先生が遊び始めて、上手にプレーするうち、見学者はだんだんと「巻き込まれて」いったんだろうか。

「マジか！」と隣の男の口が動いた。最後までノーミスでいくらしい。

ダーツバーで顔を――ハリウッド映画のキスの距離で――近づけてきたときからか。なつかれたと思ったが、星子もまた千場先生に魅了されている。ときどき、そういう出会いがある。

禁止されていたゲームセンターなんかに行っていたころからそうだ。髪を染めていたスケ番の子に話しかけられ、ゲームで遊ばずに、テーブルからの色付きの光に照らされながら会話して、ドキドキした。

その子とは結局、仲良くなることはなかったが、就職先で出会った志保にも似た気持ちを抱いて、関係は今も続いている。誰かと友達になる前、なりたいなと思った同士、どちらからも同時に発せられる、あの心地よい吸引力よ。年をとっても、誰かと友達になりたいという気持ちは湧くのか。

それは——友愛と縁遠いことのようだが——性欲にもどこか似ている。積み重なるCOMBOの醍醐味を、星子は前から知っていたかのように見守っていた。知らないゲームを唐突に遊んでいる先生が称賛を受けていることを、呆れながらもかっこよく思えるのが不思議だ。

ノーミスですさまじいハイスコアを出したらしい先生は、ついさっきまで真剣に向き合っていたゲーム画面に、最初から興味なんか少しもなかったみたいに背を向けた。周囲からは喝采と拍手が起こった。頭から外したヘッドフォンを千場先生が自分の肩掛け鞄にしまったことにも星子は驚いた。自前か。

「すみません、待たせちゃって。行きましょうか」

「ああ、はい」サインください、みたいな眼差しを浮かべる群衆の間を抜け、二人はゲームセンターを後にした。

「惜しかったなー」

「ハイスコアだったじゃないですか」

「全国ランキングでは50位くらいですよ」今は、ああいうゲームもネット接続されているのだそうだ。もう、生徒を見回りにきたのでは、という質問を星子はする気が失せていたし、先生もなんの言い繕(つくろ)いもしない。なんなんだ、この人はと思いながら、お好み焼き屋に入る。油っぽい通路を歩き、座卓の席に通されてすぐビールを頼む。先生はメニューと、壁の説明書きと交互に目を走らせた。

「あ、ここ自分で作るんだ。自分で作るお好み焼きって、完全にレジャーですね」たしかに、最近行ったのは「焼いてくれる」店ばかりだった。星子は少し緊張した。

そういえば別れた夫は、自分で作らせる料理をひどく嫌っていた。餃子パーティという言葉も憎んでいて「餃子作業」といちいち言い換えていたっけ。色気のないことだと思うが、ちょっとだけ気持ちが分かる。先生がレジャーというほど、こういう調理は楽しめない。巧拙の拙をみられるのが、楽しいことに思えないのだ。

目の前の鉄板が熱されると、さっきのゲームの手つきさながら、先生は刷毛(はけ)で油をすっすと塗り、ボウルの中身を焼き始める。緊張するが、もういい年をした大人だ。ものすごく嫌だというほどでもないし、失敗したからなにを言われるわけでもないことも、さすがに知っている。星子も同様に手を動かす。

「彼とはどうなりました」聞かれると思っていた質問が出た。

「ハッハッハ」それがもう聞いてくださいよ大家さん。みたいに笑った後、星子はうつむいてしまう。面白おかしく話していいし、そうするつもりだったのだが、なんだかみじめな気持ちになった。それでも星子は淡々と、これまでのことを話した。脚本を読んでくれといわれ、そういうこと目当てなのかもしれないと考えてしまったこと。カラオケに置き去りにされたこと。酔い潰れた自分を介抱しにきて娘と会ったことまで話すと先生が「即決」みたいな勢いで言った。

「呼びましょう」

「?」

「呼びましょう、彼を」彼って誰ですかと問い返しそうになった。

「彼をですか」

「彼を今、ここにです」焼けつつあるお好み焼きの上の先生の顔は真剣だ。

「え！」

「私から彼に説諭します」セツユ！　星子の声は裏返り、先生はお好み焼きを堂々とひっくり返した。

第十四話　有名じゃない方の主題歌

カラオケボックスの壁面の受話器を手にした千場先生が「おかわりはどうするか」と顔を向けたのに対し、星子はまだあることをグラスを掲げて示し、追加注文を断った。なにしろ、倒れたのはつい最近だ。

お酒に弱くなった自覚を、もっと持たないと。知り合いの編集者もそのことについて、ツイッターに書いていた。**〔２０００㏄の車から軽自動車に乗り換えたみたいだ。普段は同じように動けるけど、無理がきかなくなってる〕**と。本当にそう。もっとも、望んで乗り換えたわけでなく、気付けば軽自動車だったのだが。

志保からメッセージを着信する。**〔何号室？〕**とだけ。**〔さっき３０６と書いたはずだよ〕**と返信を入力し、送信しようとした直前に**〔あ、分かったわ〕**と了解したらしいメッセージが重なる。すぐに扉が開いた。

スマートフォンの画面から顔をあげると、直前まで文字でやり取りしていた人がそこに立っているのは「来た」のでなく、その人が「実体化した」ように感じられる。

「ごめーん、最初に書いてたね『306』って」志保はいつも会うときとは異なる、仕事帰りの割とフォーマルな恰好だ。

「初めまして、千場です」先生は両手の指を組んで、学校で保護者にするみたいな会釈をした。

「どうも、シホゾーです」つられて志保も少し淡い、かしこまった声音で頭を下げる。それから星子に視線を移した。

「星子、あんたオーバードーズでぶっ倒れたんじゃなかった、大丈夫？」

「薬やってないから。（「お母さん、お母さん！」と両指を重ねて胸の高さで小刻みに上下させる志保に）拠、心臓マッサージとかしてませんから」

「マッサージ強すぎて肋骨折れてないの？　なんだ、よかったぁ」よかったという物言いとは裏腹の、プチがっかりという白けた顔をしてみせる。今日の一曲目は押尾学のバンドの曲か？　先生、早くも志保の個性を把握したみたいにニコニコしてる。じゃあ、いいか。


　千場先生の提案（彼を呼んで説諭する）に従って称君にメッセージを送った、ついでにふと「志保も呼んじゃえ」と思ったのは、そのときお好み焼きを作っていたからかもしれない。ドロドロの粉に、本当にこれ食えるものになるのかな、と思うほどどっさりのキャベツやら肉やらを混ぜて焼く、その混沌は、自分の脳内のくすぶったグチャグチャが凝固していく様をみるようでもあったし、鉄板からの熱気が頭を具体的に熱く火照(ほて)らせもした。直前の先生のゲームプレーで楽しい気持ちになっていた、その余勢もあった。

（人生迷ったら楽しい方を選ぶ［べ］）と、いう。なにかの世界で成功している人がよくいう格言だ。

それは決して「選べばうまくいく」という意味ではない。恋愛のような、当人と一対一ではなかなか踏み込めない事柄が、大勢の喧噪にグチャグチャに混ぜれば踏み込めるかというと、そんなことはない。でも、面白い人間の坩堝（るつぼ）に問題を放り込んだら、少なくとも「楽しい」ことにはなりうる。それにそもそも、もう夢は打ち砕かれたと思っているのでもある。まだ今はカラオケに誘っただけで、志保に称君のことを教えてはいない。でも、今日の流れで知られる展開になっても、もう別にいいや。

知られることをずっと――スーパー銭湯のころから――警戒していたのに、さっき急に、いいやと思った。誰かと恋愛が進む、あるいは進むかもしれないというとき、なんで最初のうち「言わない」んだっけか。

先の定まらないうちに公にすると、大事（おおごと）になるからか。映画の寅さんみたいに無邪気におおはしゃぎしてしまった後で「ダメだった」とき、周囲から気を遣われることになるのを避けるためか。

いや、そうではない。

もっと根源的に、誰かやなにかを好きになるということ、それ自体が恥なんだ。恋って素晴らしいとか、人を好きになるって素敵とか、本当は嘘だ。「はずかしく孔雀で羽根をひろげきる」という池田澄子の俳句を星子は思い出した。

だから、最初必ず隠すし、明かすなら開き直りで堂々としちゃう。称君へのメッセージは――カラオケボックスの場所と部屋番号まで書き送った――まだ既読がつかないが、来なくても別にかまわない。女三人で親睦を深めればいい。

志保と会うのは久しぶりだ。冗談口でやり取りが始まったものの、目をあわせるときお互いに、なにがしかの変化を探る目つきになったのが分かった。若い頃にはしなかった「探り」だ。照明が暗いから顔色は分からないが、ツイッターでの発言がどこかダウナーな割に、志保の様子は変わらなそう。

壁に背もたれがくっついたコの字型のソファの奥に入ってもらおうとして、いいと志保に手をかざされた。

「最近、トイレ近くてさー」私も最近、近いんだがと思ったが星子は譲ることにした。トイレの近さ度合いは、すぐには比較できないことだ。

「で、このカラオケのテーマは？」多忙を極める天才医師がついに難手術に着手する、その直前にクランケの患部を尋ねる、みたいな問い方を志保はした。コンタクトレンズを鏡もみずにてきぱき外して鞄から眼鏡を取り出す一連の手つきも、なにかのプロみたいだ。

「別にないけど、なにか縛る？」

「いつもはテーマがあるんですか？」

「あるのよ、『あぁって言うカラオケ』とか『台詞のあるカラオケ』とか」え、面白ーい。千場先生はやったことのないダーツに挑んだときと同じで、未知のルールに対するプレッシャーを少しも感じていない様子だ。

「もっと単純に『失恋の歌しばり』とかのときもあるよ。最近思いついたのは『有名じゃない方の主題歌』っていう……」なにそれ。

「ある程度、年取ってないと面白くないかもしれないんだが……、やってみるか」志保が説明するより早いとばかりデンモクに入力し、画面に出た表示は刀根麻理子『デリンジャー』。

I need you Sailing in your love
I need you Sailing in your feeling

いきなり英語で始まった。妖艶でハードなムードの曲なのに、カラオケの映像が「子供向け」の、アニメや特撮に使われるファンシーなもので、異様なギャップだ。

混線してるね　誰でもホントの
愛には不慣れな獣のようにふるえるわ

高らかにサビへと盛り上がるメロディを志保は熱唱する。

「有名な『キャッツ・アイ』の、第二シーズンの主題歌」サビ後の間奏でやっと志保の補足が入った。

「ああ、それで『有名じゃない方』の主題歌……」ということは、このカラオケは有名な歌ありきだ。杏里の歌ったアレも、これも同じ『キャッツ・アイ』の主題歌だ。でも、あっちは有名で、こっちは全然知らない。

「実は私、こっちの主題歌が好きだったんだけど、あまり知ってる人いなくて。そういう好きな曲が誰しもあるんじゃないかと思って」

そういう歌「だけ」のカラオケか。なんだそれ。デンモクを手に星子は頭を働かせる。つまり、こういうことであってるかな?

「長く放送した番組の第二シーズンとか、オープニングばかり有名なアニメのエンディングの方とかね……お、そうそう、そういうこと!」画面に表示された曲名をみて志保が請け合ったから、あってるらしい。先の曲よりは「有名」かもしれないけど、西城秀樹『走れ正直者』。

「あ、懐かしい!」年下の千場先生もこれは知っていた。

リンリン　ランラン　ソーセージ
ハーイハイ　ハムじゃない

くっだらない歌詞だなあ。さくらももこ、天才かよ。歌いながら呆れと感嘆が同時におしよせる。当時聴いていたちびっ子も、リンリン・ランランという双子(双生児)の歌手を知らなかったんじゃないか。『ちびまる子ちゃん』の、大ヒットした『おどるポンポコリン』の次のエンディングテーマ。歌ってみたら、あれ、いい曲だぞ、これ。

「私、これは東京スカパラダイスオーケストラがカバーしたらいいと思うんだよねえ」志保が漏らした通り、ビートが軽快だ。

「趣旨は分かったけど難しいですね、先輩お先にどうぞ」デンモクに照らされた千場先生は眉間に皺を寄せている。次に志保の入れたのが岩崎宏美『家路』。これも知らない。

迷子の子猫を　抱き上げた両手で
私を抱きしめて

「サビはかすかに聞き覚えがある。これなんの曲？」

「『火曜サスペンス劇場』の、『聖母たちのララバイ』……」

「じゃない方か！」

「『火サス』は放映期間が長かったから、柏原芳恵の歌った主題歌とかいろいろあって、甲乙付けがたいんだけどね」有名じゃなさにも甲乙がある。竹内まりやも歌ってた気がするが、あれは「有名」な方かもしれない。

「うーん、聴いても聴いても知らないなあ」

「ていうか、分かった。このカラオケはさ。『有名な方』をときどき歌って比較しないと盛り下がる」志保も、このテーマで歌うのは初めてのようで「ルールを追加」した。

「かもね」なので、これまで歌ったことのない『聖母たちのララバイ』を予約しておく。星子は

（楽しくなってきて）酎ハイのおかわりに気持ちが動いて、軽自動車のイメージと心中で戦いながら『家路』に聞き入りつつ、自分の次の曲も考える。

やっと趣旨にかなうものを思いついた千場先生の一曲目は『魂のルフラン』。アニメ『新世紀エヴァンゲリオン』の主題歌『残酷な天使のテーゼ』ではない方。

「第二シーズンじゃなくて、映画版の主題歌ね」これはでも、知っていた。映画も観たから。有名な方はカラオケの定番でもある大ヒット曲だが、「じゃない方」は、それをも凌ぐ激しいサビ。千場先生、立ち上がっての熱唱。

なるほど。ある題材に「主題歌がいくつもある」ことが、そもそも面白い。なにかの「主題」って、字義通りにいえば幾種類もあるはずがないのに。

それに『デリンジャー』『走れ正直者』『家路』『魂のルフラン』と四曲続けて聴くと、それぞれ別の主題歌なのに、どこか似たムードを感じる。

「そうなのよ！」志保は星子の感想に対し、同意の強さのあまり目をむいた。そのムードを言語化しようとする前に、火サスの「有名な方」のイントロがかかりだした。

さあ　眠りなさい
疲れきった　体を　投げだして

「ああ、いい！」Ａメロをちょっと歌っただけで志保は――自分から有名じゃない方と制限を課しておきながら――感に堪えないという表情をしてみせる。

「これは私も知ってます！」同じく先生の声も弾んだ。さすがは「有名な方」！　変なカラオケだなあ。「ああ、いい！」なんて感激してるのなら、有名な方だけを歌えばいいのに。

次に志保が入れたのが西田敏行『風に抱かれて』。もうこのへんになると、知らないことがすがしくなってきた。本人主演のドラマ『池中玄太80キロ』の、最初のシーズンの歌で、第二シーズンの歌の方が有名になったのだという。

「だからこの曲は違うんだけど、有名な主題歌の『後に続く』主題歌には、なにかこう、独特の漲りが生じるよね」

評判のよい主題歌群の後継ソングは――わざわざ取り替える以上は――前のを超えることを求められる。実際に超えられるかどうかは別として、超えることを目指さないなら、取り替えない方がマシだ。だから、なんだかメロディも言葉も、題名さえどこか漲っている。特にサビを頑張って印象的にしようとしている曲が多い。

頑張ってるサビはイコール「良いサビ」ではない。頑張ることが目的化してしまった表現が、自然に発揮された「良さ」に勝てるわけがない。でも、頑張ることを放棄してしまっては、わざわざ取り替えることを無意味化してしまう。結果、どれも「佳作」になっている。

「味わい深いね」

「でしょう」

『池中玄太80キロ』の「有名な方」の主題歌『もしもピアノが弾けたなら』を、星子は初めて歌った。そんなテーマがなければ決して選ばない歌だ。志保とのカラオケは必ず、自分自身の「好き」や「嫌い」を脇に置くことになる。好きなものに没入するのが趣味だとしたら、これは正しく「遊び」だな。阿久悠かあ、あまり好きじゃないんだよね、と思ったのに、歌うとしみじみいい曲、さすが「有名な方」だ。

心はいつでも空まわり
聴かせる夢さえ遠ざかる
アア　アー　アア……　遠ざかる

これは「あぁっていうカラオケ」でもあった！　歌い終わると千場先生が涙ぐんでいて、驚く。

「私、女性がカラオケで『僕』っていう歌を歌うのが大好物で」ティッシュを鼻にあててグズっている先生かわいい。

「そういえば彼、まだ既読になりませんか」先生の言葉に対し、志保はフードのメニューを眺めながら、聞き間違いでなければいいんだが、みたいな重々しい顔で「彼？」と尋ねた。

「ハッハッハ」それがもう聞いてくださいよ大家さん。みたいに笑った後、星子はお好み焼き屋でしたのと同じ話をした。二度目だから、妙に整理された話し方になった。

「……まあ、つまりもう、まるで脈なしなんだけどね」と結ぶ。千場先生はそれに対し「説諭」を振りかざしたわけだが、志保は腕組みをしておもむろに言い放った。

「それって、脈あるんじゃないの」と。それから（また）医者が大事な質問をするみたいな顔で「だって、いいムードになったりもしたんでしょう？」と続けた。

「まあ、うん」星子、赤くなる。

「いいムードってつまり、チューしたり手をつないだりした？」

「チュー？　したした」星子(クランケ)は馬鹿みたいに答えた。傍らの千場先生はすっかり志保の助手然とした様子で、だったらなおさら説諭だ、という顔になった。

「何回した」星子は馬鹿みたいに指を二本、Vの形にした。ほら、という志保の顔が大真面目だ。名医かやぶ医者かどっちなんだと星子は思った。

第十五話　「……彼、最高よ」

称君の「既読」はその夜、つかなかった。星子はほっとしていた。

二人に彼を紹介してもかまわないやと思ったのはもちろん本当だ。でもそれは、どうせ脈はないんだから、という気持ちの上でのことだ。

脈あるんじゃね？　という志保の言葉が星子を立ち止まらせた。「彼とどうこうなる」ことを期待させたわけではない。志保の言葉は「どうこうなる」という事態の手前に、彼に「気持ちがある」ことを、ごく単純に示唆していた。

もし「既読」になって、彼が現れて、ノリで年長者たちによる「説諭」や尋問が本当に行われたら、それはつまり彼を酒の肴にして楽しむってことだ。それを彼も楽しめるなら、別にいい。

でももし、彼が自分のことを好きだったら。それは彼の気持ちを傷つけることではないか。

彼との仲が甘い展開にはならないという現実的な見通しと、(自分が彼をではなく）彼が自分を好きかもしれないという想像が、なぜか星子の中で両立した。

同時に、志保の「脈」という言葉を、懐かしいと思った。脈というのは、こういう暗い照明の中でだけ流通する言葉だ。つまり、呑む席でしか出て来ない。

かつて、人は皆「恋バナ」が好きだった。だった、と過去形で思う。志保は年上で、今日は酒の席で、サシ呑みでもない。だから盛り上げようとして律儀にそのようにしてくれたのかもしれない。それは愛すべき、でも古いふるまいだ。

今は皆、酒の席で恋の話を熱心に語らない。代わりに語るのは「推し」。アイドルとかドラマに「ハマ」って「推し」を作って、そのことを熱く語る。

それはもちろん、風通しのよいことだ。かつては同性同士の会話で「恋愛していないなんて人生損してる」というプレッシャーが過剰だったし、逆に「いい年をして」アイドルやなにかに「ハマ」るなんて、声高に言えることではなかったから。昔は「好きになる」「夢中になる」ことはあっても、「ハマ」ったり「沼に落ちた」りしたのではない。同じことのようだけど、言語が違うということには、違うなにかがある。

カラオケは——星子自身驚いたのだが——終わりまでほぼ「有名じゃない方の主題歌」のテーマに準じて続けられた。アニメ『タッチ』の「タッチ　タッチ　ここにタッチ」ではない方の主題歌『チェッ!チェッ!チェッ!』。『3年B組金八先生』の『贈る言葉』じゃない主題歌『人として』(「どっちもうざい曲～」と毒づきながらも志保は二曲とも嬉しそうに歌った)。『キューティーハニー』の、後に倖田來未もカバーした色っぽいオープニングではない、しっとりしたエンディング曲『夜霧のハニー』。NHKのドキュメンタリー『プロジェクトX』の有名な「風の中のす～ばる～」

じゃないエンディング『ヘッドライト・テールライト』。『ルパン三世』の地味な映画「のみ」で用いられた主題歌『MANHATTAN JOKE』（「秋元康、ダサい！」が千場先生の評）。『うる星やつら』の「あんまりソワソワしないで～」ではない主題歌は二曲も歌った。もちろん、それぞれの「有名な方」を間に挟みながら。

　夜明けが近づく頃には「有名な方」とされる主題歌さえ三人のうち一人二人知らない、という曲も散見されるようになったものの、三人が最後までテーマに対し厳密たらんとしたことはたしかだ。そのだいたいが、二十世紀の歌になった。二十一世紀の歌は千場先生が歌った『ゲゲゲの鬼太郎』の「最近の」エンディングテーマ（氷川きよし歌唱）くらいだ。

　二十一世紀には「有名な主題歌」が、ほぼなくなったのだ。『おどるポンポコリン』を老若男女が口ずさんだ牧歌的な時代はもうない。ドラマもアニメも一クールで姿を消し、次のものにすぐ替わっていく。主題歌というもの自体、レコード会社や芸能事務所のタイアップで決定する「主題」感の薄いものになっていった。

　星子が帰りの電車内でそのことを考察できるのは、カラオケのレジで紙をもらったから。レシートとともにもらった、レシートと同じ用紙に同じプリンタで印字されたものだ。カラオケで三人が歌った全曲が印字され、リストになっている。

　それはずいぶんと長かった。床まで届きそうというと大げさになるが、よくもまあこんなに歌ったなと呆れさせるに十分だ。ここからここまで全部くれ、と指を扇に動かした買い物のような、カシャンカシャンと打鍵音を立てる昔のキャッシュレジスターが悲鳴をあげて吐きだしたような、そんなレシートの長さで、それはそのまま買い物に似た充実感を抱かせた。

三人は朝まで歌った。

「もし子供を産んだら、もうこんな風に遊べないんだなぁ」別れ際の千場先生は、朝日に向かって伸びをしながらぼやいた。

「あら、ご予定が？」志保の質問に先生は「全然、ないですけど」と伸びをやめながら答えた。

「遊べるよ」そのとき、星子は軽く即答してしまった。

「そうですかね」

「大丈夫」ね、というつもりで志保をみたが、志保は特に同意せず、乗り換えのアプリをみていた。

今回は泥酔せずにタクシーに乗り込んだ先生に手をふり、志保もタクシー……かと思ったら今日は電車で帰るという。山手線の座席は朝早くても埋まっていた。ハブになる駅で降車する人と入れ替わりで、やっと二人で腰を下ろせた。そのまま揺られながら、でも、そうかと思いなおす。千場先生が今から出産したとして、その子供が十八歳のとき、先生自身は五十代後半だ。もう「こんな風に」は遊べないかもしれない。自分にも子育てで、夜遊びなど出来ない時代があった。編集者と呑んだり、一人で映画を観られるようになったのはつい最近のこと。そうして、久々に（大抵は年下の編集者と）呑んでみたら浦島太郎になっていて、つまり恋バナの時代が去って、推しの時代になっていた。

「そういえば結局、その『若いツバメ』は既読になったの？」横に座る志保の口に笑いが含まれているのが分かった。懐かしい単語をわざと用いたのだ。

「ツバメ？　既読……まだなってないねえ」スマートフォンのメッセージアプリの、自分が送った「フキダシ」の脇に、「既読」の文字が添えられる。そうしたら、相手がメッセージを読んだという証拠だ。子供たちの世界では「既読スルーでいじめられる」などと仄聞（そくぶん）する。なんという恐ろしい、人間の業を感じさせる機能よ。

とはいえ三人で既読は？　既読は？　と先の３０６号室でその熟語を言い合うのは、楽しいことでもあった。

「その若いツバメはさあ、本当に脈ないのかい？」尋ねながら志保は、鞄から薄く四角い小袋を取り出した。「蒸気でホットアイマスク」と商品名が記されている。封を切り、マスク状のものを取り出した。もうここが自分の家で、寝る前みたいに自然に。

「分からん」わからんチンどもトッチメチンの、前半の感じで星子は答える。

「ツヤツヤの肌の若い男といい関係になって、『あれ』言ってほしいんだけどな」車内でなにかあったら星子お願いね、という眼差しを向けると、志保は顎をあげてアイマスクを目に当てた。星子は取り残されたような錯覚を抱いた。

「あれって？」

「あれよ、あれ。『彼……最高よ』」顔の上半分がアイマスクで隠れた志保の口から放たれた重たい口調のセリフの、意味が伝わるなり星子は噴き出した。車内の何人かが二人に視線を向けたのが分かった。

「ああ、あれね」頷く志保の口角は少しもあがっていない。星子はまだ笑いながら、すぐには「あれ」が具体的に出て来ない。出て来ないがすごく分かる。ドラマや映画で何度か観ている。総体としての、ああいう感じのあれだ。

たとえばドラマ『セックス・アンド・ザ・シティ』の女たちの、一人があるときスポーツジムで男と出会い意気投合、軽はずみな一夜を過ごしてしまう。翌週、誰かの家に集合した女たち。もう「案件」は知れ渡っている。一人はカウチ、一人はベッド、一人はガウン姿で立ったままみたいに広い部屋に適度に（全員、カメラ映りの悪くない位置に）「散って」、全員リラックスしたムードでボンボンかなんかをつまみながら話しあう。

「……で、どうだったの?」ついに一人が尋ねる。好色な眼差しで、もういい加減はぐらかさないで、という軽い警告を含ませながら。なにが「どう」だったか。聞きたいのはもちろん彼とのセックスのことだ。聞かれた女は少し溜めてから

「彼……最高よ」wooo! 皆いっせいに体をよじらせ、クッションを投げつけ、大きな口で笑い合う、（そしてコマーシャル）……

「『その』! 『彼……最高よ』でしょう?」この場合「彼……最高よ」は棒読みではない。そこだけ日本語吹き替えにされたハリウッド女優の、含みのある艶めいた声でいうべきなのだ。

「そうよそうよ! それ、やりたいじゃんか」

「やる、ことなのかね」志保は相変わらず口しかみえないから、本気か冗談か測りかねる。誰かとのセックスの内容――良い悪いはもちろん、頻度や体験年齢など――をあけすけに話し合ったことなんか、これまで一度もない。そうしたいということではなさそう。海外ドラマのやり取りでテン

プレート化している場面をやりたいのだ。もちろん、セックスがないのに演技してほしいわけでもなく、そういうことはもちろんあった上で「照れて」みせてほしい、というところか。今、志保は「蒸気で」目と周囲を蒸されて「ホッ」としているだろうか。外からでは分からない。ああ、いいと息を漏らしたスーパー銭湯での姿が思い出された。アイマスク、本当はメイクを落としてから使うべきものなんだろうけど。まあ、いいのか。

「それいい？　その、櫻井君がCMしてるやつ」

「櫻井君には感化されてない。萩尾望都先生が雑誌で薦めてたから」間違うなという風に、口調にわずかにケンが宿った。まあ、萩尾先生も櫻井君も、電車内での使用は薦めてないだろうけども。

「もう一個あるよ、使う？」

「いい。山手線に並んで二人でアイマスクして顎あげてたらバカみたいだし、危ないよ」

「そっか。山手線アイマスクは、交互にでないと出来ないんだな」数学的な発見をしたような口調。

「でもさ、若い男と付き合うなんて、いいじゃん」目が隠れているから、茶化しているのか本気なのか、やはり分からない。

「いいのかなあ。志保なら嬉しい？」

「当たり前じゃん！」まるで山手線の座席がリクライニング式で、めいっぱい倒していた椅子をガクンと戻したかのように志保は首を起こし、アイマスクがべろんと落ちた。本気だ、と星子は悟った。

「『ドッカーンって爆発するくらい嬉しいと思うな』！」しかし、わざとだろうか、志保は軽い、芝居がかった調子でそう続けると、使用済みのアイマスクを鞄に戻し、立ち上がった。

志保は未使用のアイマスクのパックを星子に渡すと、乗り換えの駅で降りていった。見送ったあとで思い出す。春先、志保は失恋してたんだ！　結局、詳細をまだ聞けてない。拠と訪問した際も、そういう話は深まらなかった。サシでもう、すっかり「恋バナ」しなくなってる。若いツバメのことを質問させてる場合じゃなかったか？　星子も乗り換えた。さっきまで低い日の光が窓から星子の目を刺していたが、乗り換えるころにはいつもの車窓になった。

鈍行の、都心から遠ざかる電車の車内はひどくすいていた。ドッカーンって爆発するくらい嬉しいのは、思われていた場合限定だ。それに「彼最高よ」のためには、彼にもそれなりによく思われないといけないんだ。むしろ、あけすけに、そのことを聞いてみたかった。ツヤツヤの年下の、体力のある男と夜通し、できるのかと。

三駅目を過ぎると、客はますます減って、星子以外には離れた場所に二人しかいなくなった。スマートフォンが震えて、メッセージの着信を知らせる。志保と、少し前に称君からも。

志保からは**〔さっきのは、狩撫麻礼『天使派リョウ』の中のＯＬのセリフ〕**とある。一体なんのこと？　尋ねようと画面をよくみると、下段の入力欄に文字が残っている。**〔さっき３０６と書いたはずだよ〕**と書きかけだ。昨夜、カラオケで部屋番号を教えようとして、送らずに終わった文字だ。

それはただの事務的な連絡の文章だが、星子はしばらく消さずにみつめた。現実には、言いそうで言わなかったことは、世に放たれないのだから、残らない。自分でもたいてい忘れてしまう。

でもこの仕組みだと、書きかけで言葉が残る。新しい機器による、新しい、言葉の残り方だ。

称君は**〔気付くの遅くて、すみません。またの機会に！〕**と、例によって如才なく簡潔な返信をよこしていた。その下の入力欄にはなんの文字もない。星子はその空欄もしばらくみつめた。

〔称君は私のことどう思ってるの〕と書いてみて、送信しない。いつか称君に宛てたつもりで実母にメッセージを送った瞬間を、冷や汗とともに思い出す。

我ながら「センチな」ことしてる。あとでうっかりポチッとしないようにしなきゃ。スマートフォンをしまって、暇つぶしにカラオケのレシート状のリストを再び取り出した。曲名の膨大な並びに呆れる。もう、遠い過去の出来事のよう。そのリストは、自分らの営みを別の誰かに記録されていることの不思議を思わせた。実際には機械が履歴を印字しただけだ。誰もなにも把握していないのに。変な未来。

次の駅に停車し、ドアが開き、一定の時間を経て閉じた。誰も乗らないし降りない。窓からみえるホームも閑散としている。よし。星子は志保からもらった「蒸気でホットアイマスク」の封を切った。リクライニングがあるかのように頭をガクリと窓枠にもたせかけて、目にアイマスクを当てた。

鈍行のリズムと蒸気とで、だんだんと心地よくなる。星子はサラ・ジェシカ・パーカーの日本語吹き替えでそっと、呟いてみる。

「彼……最高よ」と。

第十六話　「なにが最高だって？」

「なにが最高だって？」

家の中で聞こえたような声がして、星子はアイマスクをはぎ取った。取ってみるとそこは自宅ではない、早朝の各駅停車の中だった。

「やっぱりお母さんだ、朝からなにしてんの！」

「うえっ」早朝の電車で、目の前に捌が立っている。吊革二つ分離れたところには見知らぬ男もいた。

朝帰りの電車がすいていて、遠くの方に二人くらいしか乗ってない。そう判断してアイマスクして弛緩していたら、その一人が実の娘！　そして、連れの男は誰だ？

「はじめまして」脇の男が頭を下げた。

「捌、あんた」なにしてんの、という声を飲み込んだ。なにしてんの、はこっちが問われているところなのだ。

「いや、志保たちとカラオケしててさ」怯(ひる)んだが、よく考えたらなにも悪いことはしていない。

「自分ちじゃないんだから。リラックスしすぎだよ。財布とかスラれたらどうするの！」

「すみません……って、あんたはなにしてんのよ」対抗するわけではなかったが、けんけんと言われてつい、反駁の調子になる。

「この人は、下田礼央（しもだれお）さん」だが拠は落ち着き払っていた。掌で示されると、傍らの男は吊革から手を離し、改めて会釈をした。

「下田といいます」

「あ、はい」腰を浮かせて会釈を返す。拠は三人の中で最も威厳のある感じで吊革に両手を入れて、二人の腰の低さを眺めた。車内アナウンスで停車駅の案内が流れ、電車は速度を緩め始めた。男は拠よりうんと年上、星子よりは少し下だろうか。学校に呼び出されたときの熱気を思い出す。

「おっと」男は、目を見開いて窓の外をみるなり

「僕はここだった。じゃあ善財さん、また」

「あ、ちょっと！」驚く拠を置いて、男は電車からさっと降りてしまった。二人、手はふり合ったものの、どこかぎくしゃくしている。

（さては本来、降りる駅じゃなかったな）男は、不意の「実の母親」との対面イベント発生で、間が持たなくなったのだ。あれが「じゃあなんでキスしたの」の男か？　拠を見上げてうかがうが、無表情を保ったまま電車に揺られている。

「今の人は？」

「別に……」

「隠すなら、私に話しかけなければよかったじゃない」

「だって、本当にお母さんかどうか、分からなかったし……」

「でも、お母さんかもしれないから声かけたんでしょう」

「だから、紹介するつもりだったの。付き合ってるの！」やはり、付き合ってるのか。察するに拠としては、もしアイマスクの女が母親だったらきちんと紹介するつもりだったが、果たしてそうだったことで男がビビって、途中下車してしまった。

　男にも朝から変な母親をみせなければならず、また母親にも腰の引けた男をみせることになって、行き場のない腹立ちがあるだろう。星子は質問をやめた。指先にまだ持っていたホットアイマスクを広げ、再び着用する。まだ蒸気が効いている。

「なにしてんの！」

「拠、見張っててー」アイマスクでみえなくなったが、拠が呆れているのは明らか。

「男ってさ」かまわずに喋る。呆れられるのって実は、楽なポジションでもある。それに、今はこんな風に振る舞った方が拠も楽なのでは。

「男って、なんでときどき挙動不審なんだろう、人前で堂々としてくれるだけで、すごく好きになるのにな」アイマスクに蒸されたような、しみじみとした言葉が漏れ出た。

「ほんとそれ」拠も不機嫌なまま同意して、隣に腰を下ろしたようだ。

　娘が塾の先生と付き合っているかもしれない。そのことを憂慮したのは千場先生から報告を受けたときだけだ。夜、電話越しに喧嘩しているのを目撃したことで勝手に、もう恋は終わったんだと決めてしまっていた。未成年者を保護する者として当然抱くべきかもしれぬ問題意識を、棚上げにして日々を過ごしていたら、まだまだ現在進行形だった。

おそらくスマートフォンの画面をみているであろう拠に、なにかさらに言葉をかけたり質問をすべきか。

まあ、いいか。少なくとも今、腹をくくって（母親には年上の彼氏を、彼氏には変な母親を）紹介しようとしてくれたのらしいし。これから受験だっていうのに、朝まで男と過ごしていることについて、本当は（それこそ）説諭があるべきなのだろうが。

「あの人、既婚者じゃないよね」とだけ――後からだと聞きにくくなると思い――なんとかねじ込むように尋ねた。

「え、違うと思うよ」

「それだけは、確認したほうがいいよ……」

「Sure, mom.」拠はいつかの星子のセリフで説諭（になりそうな会話の流れ）を遮った。アイマスクのおかげで、眠気が少し晴れた目で拠の横顔をうかがう。元ネタを知らないはずなのに、拠の方がだんぜんウィノナ・ライダーの雰囲気だ（風船ガムをクッチャクッチャして言ってほしい）。

家庭のある人と恋愛してはいけない。恋愛するなら、それに伴うリスクを覚悟する必要がある。そのリスクは多額の慰謝料なのか、社会的評判の失墜なのか、あるいは腹にブスリと長柄の刃か。我が身に実害が及ばなくとも、傷つく人がいる。

そういったリスクを拠はまだ引き受けられないだろう。だから本当なら説諭がいる。子供のころ、星子は母親によく「なんでも！」と言われた。どうしてダメなのかという問いへの答えだ。捌が生まれてみたらやはり、トレースするように同じ言葉を用いた。

それを食べてはいけない。それをしたら危ないからダメ。「なんでも！」と、命令形で指示したのは小学生くらいまで。いつまで、子供は子供なんだっけ。

もし今、隣でツヤツヤムチムチしている捌に、なぜ既婚者と交際してはいけないのかと問われたら、久しぶりにそれ──「なんでも」──をいう以外に浮かばない。

「そのアイマスク、そんなにいいの？」

「志保がくれたの。よい、かな」

「でもさっき、『最高よ』ってため息ついてたよ」

「『最高よ』」彼、はうまく聞き取れなかったか。ほっとして、同じ台詞を繰り返した。

その朝帰りが遊び納めだったのか、二学期が始まると捌の表情は引き締まったものになった。春先の親子カラオケのとき星子は思った。きっと受験が近くなったら、ひたすら夜食のおにぎりを握る日々だ、と。実際そうなった。

「私、今日からは夜も三時間、勉強する」捌は自室のドアノブに手をかけ、困難かつ壮大な旅程の組まれた宇宙船に乗り込むような顔で告げると戸を閉めた。

「頑張ってね」扉に呼びかける。

「……でも、志保さんと遊ぶ時は私も誘ってみて」ドアがまた開き、急いでそう付け足すと閉じた。

それからほぼ毎日――鉛筆を鼻と上唇の間に挟んで背もたれでバランスをとってブーラブラしているだけかもしれないが――夕食後はゲームをせずに部屋にこもっている。

九月の半ば過ぎ、称君の映画の撮影を見学にいった。誘いのメッセージに対して**〔ごめん、まだ脚本が読めてなくて〕**と遠慮したら、すぐに電話が着信して焦った。

「かまへんから、きてくださいよ」と明るくいう。

「うん、じゃあ行く」称君は電話をためらわない。星子は電話が苦手だし、若者もそうだと疑わずにいたから、彼からの電話が何度か鳴るのを意外に思っていたが、そもそも「若者は電話が苦手」ということ自体、誤った洞察だったかも（ドラマの中でスマートフォンを持つ同士がやたら電話するのを――ドラマを分かりやすくするためだろうが――「脚本家の古さ」と考えていたが、それも冤罪かも）しれない。

かつて、家の、家屋の大事な場所には黒光りする電話機が鎮座し、ジリリリと大きく鳴り響くのを慌てて「とって」いた。いわば電話は「権威」だった、あの時代を過ごした者だけが、後年「メール」という手段を覚えることで、後天的に電話が苦手になっていったのではないか。称君や拠は多分、相手が着信に出なくても自分が出なくてもなんの痛痒も感じていない。相手の家にやかましいベルを鳴り響かせてしまったかもしれない、などとは思わない（実際、もはや電話から「やかましい」音は鳴らない）。

神宮球場の脇の道で逃走シーンを撮影するという。駅から向かいながらもう、映画の中みたいだと思う。併設された第二球場と、建設中の新国立競技場と、巨大で四角くない建造物に埋もれた、日の差さない灰色の気配。途中で日傘を閉じて鞄に入れて歩いた。

「いいね」会うなりロケーションを褒める。称君とカメラを持った男と、役者とおぼしき若者が二人。うち一人は胸に小型カメラを巻き付けている。一人はツインテールの女子で、ペットボトルのなにかを呷っている。

「でしょう。たまーにジョギングの人が通るくらいで、ほとんど人ばらいしなくていいんです」

たしかに。それがどんな都市のただなかにあっても、試合のないときのスタジアム周辺って、信じられないくらいに閑散としている。スペインに新婚旅行でいったとき、六万人収容というサッカー場を一周してつくづく思い知った。数万人が詰めかけたときのことも想定されており、道幅がらんと広いのは入退場の客のスムーズな行き来のため。スタジアムの形に沿って道がどこまでもカーブしているのも、逃走シーンを面白くしそうだ。これは高いところからのカットが欲しいなあ。

称君は手ぶらだ。丸めた台本やメガホンを持たないのだな。『ロボコップ』を参考にするといっていたが、本当にアクション映画なのかも。

「カナウー!」ツインテールが声をあげる。一人を呼んだのだがよく通る声だったので、呼ばれていない残りの者も女子に注目した。かわいいが、髪型は撮影のためだろうか、あまり似合ってみえない。

「どうしよう、次の場面。フジオさん手伝い来れないって」

「布団とか座布団とか集めたら、なんとかなるやろ」皆が注目したのを機ととらえ、称監督はそこで星子を皆に紹介した。

「こちら、善財星子さん。今回の映画のアドバイザーやってくれてん」

「いえ、まだなにもしてませんが」

「映画通でな。小説も書いてて、すごい人やねん」いやそんな、いやそんな、と謙遜の意で首をふる。

「よろしくお願いしまーす」三人、声をあげるが、ツインテールがどこかこちらを探る様子なのを星子は感じ取る。

カメラが固定され、星子は離れた場所で人ばらいを頼まれたが、周囲は嘘のように無人の気配のままだ。

「もしかして……の人？」カメラを回す直前、監督に近づいた女がなにか囁いたのが分かった。

「はい、いきまーす」手をメガホンにして、称監督はカメラマンに頷いてみせた。車道を隔てた向こうの道を、ツインテールが歩く。一回、後ろを振り向いてから焦った様子で歩調をあげる。（おそらく）カメラの左端に切れるか切れないかというところで黒いパーカーの男が同じ速度で右端から歩き出す。男はペースを変えない。男がカメラの端まで歩いたところでカットがかかった。

「次、俺や。頼む」とカメラマンに言い捨て、監督が道を渡る。そうか、出演も兼ねているのだ。

道の向こうで監督が手をあげ、カメラマンもあげていた片手を握った。カメラが回った合図だろう。称君は用心深そうな態度で、だが努めて普通に歩いているようだ。ヒロインを追うパーカーの男を、赤毛の男がさらに尾行している、というシーンか。『ターミネーター』で未来から来た二人の男の、どちらが敵でどちらが味方か観客に分からせないようにした構成を踏まえているのかもしれない。

今度はカメラの角度を変えて、三人の追跡を背後から撮る。はるか先の女、カーブの途中のパーカーの男、カーブにさしかかる赤毛の男がギリギリ、ワンショット内に収まるというわけか。説明を受けていないから、星子は勝手にカットを予測する。

映画好きだからといって、撮影の現場をみるだけでその出来栄えを判断できるほど詳しいわけではない。だが、ちゃんとしてるんじゃないの、と思う。

三年前に友人に頼まれて少しだけ出演した、その友人の娘の卒業制作のドキュメンタリー映画はひどかった。現場の若者はヘッドセットで指示を出し合ったり、本格的なマイクポールを両手で持つスタッフがいたりしたが、皆「それ」をやりたいだけにみえた。真冬の閉館後の図書館の、暖房の効かないホールで長い時間待たされて、誰一人温かい飲み物やカイロを買ってきて出演者に手渡すような配慮はなかった。なにより、いまだにそれが完成したと聞かない。だが友人に抗議はしなかった。

出来栄えがどうでも、作品を最後まで完成させたら立派だ。少し立ち会っただけで星子はこの映画の完成を応援したいと思った。

「はい、オッケーです」球場脇での撮影をすべて終え、その場で皆で液晶画面をのぞき込み、称君が安堵の声をあげる。背後にいた星子もほっとした気持ちになる。

「今日はとりあえず終わりでーす、来週、としまえんのシーン撮ります」称君が皆に向けて声を張った。としまえんか。星子は空を見上げ、来週の予定を思い出そうとした。自分もちょうど、遊園地に取材に行こうかと思っていたところだ。

「星子さん、よかったら来週も来てくれません？」

「え」

「忙しいでしょうけど、遊園地の場面は特に星子さんの意見を聞きたくて」渡りに船だが行けたら行く、と小声になった。ツインテールの女が星子の返事を気にしたのが露骨に分かった。ん？　と思う。

　地下鉄組とＪＲ組で分かれて解散することになり、星子とすれ違う際に女の顔から「ツーン」と音が鳴ったような気がした。不機嫌で不敵な表情。あれ、今、私あの子にもしかして？　楽しいような不安なような、とにかく懐かしい「予感」がした。

第十七話　ト書きに書かれてるみたいに

　よくみればすぐ分かることだったが、ツインテールはツインテールでは全然なかった。ウィッグを外すと今の凪に似たショートカットだ。そっちのが全然素敵と思うが、そうか、ツインテールは映画の役だったと思い出す。

　髪型は違うが二度目に会ったら一度目と同じ「ツーン」という音が彼女、マドカから星子に向けて放たれた。二度目の撮影は平日の午後のとしまえん。客はまばらで、撮影は（曇天でも少しもかまわないようで）順調だった。

「ツーン」は、実際にはこの世に発せられてはいない。擬態語だ。漫画の中の少女がすまし返ったり、つれない態度をとる際、人物の上方に配置される文字。それがもう、ありありとみえる。

　最初のうち、懐かしいと感じたが、そもそも女子学生のころも、誰にもこんな態度をとられたことはない。初めてだ。そんな風に嫉妬を、ここまであけすけに表明されるのは。

「二度も必要あるんですか」休憩時間にたまたま二人きりになると、マドカは星子に問いかけた。

「え？」

「見学。二度も来る必要ありますか」詰問といっていい調子で、星子の方は一切みず、拠も持っているのに似た四角い鏡でメイクを点検している。おっと思う。ゴングが鳴った。というか、ゴングを自分で鳴らしてパンチを打ってきたかのようだ。やるね、マドカ。

「『来てくれ』って彼に言われたから」星子は応戦と受け取られても仕方ない返事をしてしまったが、本当はそんな気はない。やる気なら、もっとたっぷりと抑揚をつけて（その意味分かるでしょう？）というニュアンスを付加するところだ。マドカは鏡から目を離し、星子の横顔をみた。オロオロする理由はない。誘われたから来ているのは本当のことなのだし。もちろん、応戦するつもりもない。

（分かるでしょ、その意味？）だが、言わなかったニュアンスを、むしろ台詞として言い放つ自分をちょっと想像してみる。（彼……最高よ）先日のサラ・ジェシカ・パーカーの……ではない、志保の車内演技が連想され、噴き出しそうになる。実際、ちょっと笑みがこぼれてしまったかもしれないのは、マドカがテメーなに余裕こいて笑ってんだコノヤロウという顔色になったから。いかんいかん。

「いや、私の仕事の方の取材も兼ねてたもんだから」戦意などありませーんという、ヘドモドした笑顔で続けてみる。

「ここに来るの、娘が小さいころに連れてきて以来でね、久しぶりに雰囲気とかみておきたくて」小さくない娘がいることを示すことで、だから到底、あなたなんかの敵じゃないですよー的に思ってもらうことをもくろんだ。

星子に余裕があるのは、星子自身、彼女の想定するリングにあがっているという自覚がちゃんとはないからだ。

また、取材というのも嘘ではない。

「カルーセルエルドラド」という百年以上前から駆動するメリーゴーラウンドがこの遊園地の売りの一つだ。拠どころか星子も幼いころに乗った。そして連載小説『過去を歩く未来』の主人公、トオルもだ。過去に乗ったことがあり、この未来にも乗る。その場面を書くのに、久々に間近でみられたらと思っていた。もっとも、称君に撮影見学に誘われたからそういう場面を挿入することにしたのでもあるが。

称君の映画も『ロボコップ』というよりむしろ、星子の連載している小説みたいだった。いや、「好きな人を守る」だなんてエモーショナルなことは私の小説には出て来ないけども。私の小説に似ているというよりも……私とのことが出てくる。星子は称君の台本を（やっと）読んだのだった。

冒頭の場面が映画館だ。主人公がヒロイン（ツインテール）と出会うシーン（「赤毛の男」がツインテールの恋人なのかと思ったら、称君はいい者にみせかけた悪役だった）。館内では映画の上映が始まる。それが「主演、スタッフなどのテロップ表示が終わり、いよいよ本編が始まりそうというところ」とト書きがあった上で、不意に中断される。謎の男たちが複数の入り口から男をとらえに侵入してくる。ガラガラの劇場で、ヒロインは主人公の三つ隣の席に座っていて、巻き込まれる。既視感があるぞ。読み進めながら、星子の頬はその後も何か所かで赤くなった。美術館の場面もあり、そこでも、夏に小さなギャラリーで交わした星子との会話が変奏されている。

　筋自体はシンプルなボーイミーツガールの話だった。ちょっとした活劇もあった末、「危機」は防がれるが、恋が芽生えかけたまま、若い二人は別れる。

　台本の裏には「モノクロで。でも『レトロ』にはしない」「実相寺昭男がもしデジタルで撮ったら」と朱書きがあった。スマホで書いたものを印刷したのだとしたら、これは星子にだけ演出の方向性を示した一文かもしれない。『ウルトラQ』や『ウルトラセブン』の怪奇的演出で知られる昭和のカリスマの映像は、今の若者にも新鮮なのか。星子は「昭男」の「男」の字にだけ、いつも仕事で用いる赤ボールペンで「雄」と訂正を書き足した。

　通読してみてなるほどねと感心したのは、脚本って、小説とちがって、それだけでは面白さがよく分からないなあ、ということだ。役者の表情や存在感、場所のムードがないと、のっぺりした「やり取り」の列挙に過ぎない。時間（長いのか短編なのか）さえ分からない。なんにせよ、完成が楽しみだ。

　スマートフォンが志保からのメッセージの着信を告げる。**〔こいつに？〕**の言葉とともに怪獣の画像が添えられている。

　少し前に届いていたメッセージの**〔今なにしてる？〕**との質問に対し**〔映画撮影みにきて、ツインテールにめっちゃツーンってされてるとこ〕**とメッセージを送ったら即、届いた返信だ。志保、分かるよ。『帰ってきたウルトラマン』に登場する、怪獣ツインテール。たまたま分かったけどさ。

　画面の中の怪獣をながめる。実相寺監督作ではない（と思う）けど、相当「攻めた」独創的なデザイン。今こいつにツーンとされてる女、日本中どこにもいるわけないだろと思うが、「そうそうそう」とノリツッコミの返信をすべきか。

「なんですか」ツーンの女は星子を敵視しているくせに、いや、敵視しているゆえか自分に関わりあることに違いないと嗅ぎつけ、画面をのぞき込むように立ち上がりかけた。

「いやいや、別になんでも」

遊園地の休憩所は広く、昼食時を過ぎた今は二人の貸切り状態だ。称君と主演の男は園内で臨時のロケハンをしている。壁は煉瓦で売り場も——ホットドッグなどを主に売るからか——アメリカンテイストに装飾されていたが、全体に古ぼけている。ここにたしかに、かつての私もいた。まるで同じ座席ではないが、この場所で、幼い拠の口元にソフトクリームをあてがっていた。つまり、私もここ——古ぼけた全体——の一つだ。壁の上方には大きな液晶ディスプレイがいくつか据え付けられていて、すべて同じ映像を流している。「アメリカン」というコンセプトにあわせてか、海外の音楽チャンネルだが、流れているのはイギリスのミュージシャンのライブのようだ。

「あの人……」いいながらマドカは鏡を卓に置いた。鏡を覆う蓋がそのまま台座になる。その傍にはウィッグとスマートフォンが、まるでここが彼女の自宅であるかのように平然と広げられていた。台本がないのはきっと、スマートフォンで足りるんだろう。

「って、称君のこと？」マドカは真顔でうなずいた。

「気をつけた方がいいですよ。周りにも、勘違いしちゃう子たくさんいるから……」

「誰にでもいい人だもんね」先回りして言ってみると、マドカの目に戸惑いと興味が同時に兆した。

「あ、ロケハン終わったって」そこで星子のスマートフォンにロケハンが終わったことを告げるメッセージが届いた。マドカは鏡の脇に置いていた自分のスマートフォンを慌てて手に取った。

「あ、なんだ。来てたのか」安堵の表情で立ち上がる。出演する自分でなく、見学者のオバサンにだけ連絡が来ていたら面目がつぶれることになる。

「私はコーヒーを飲み終えてからいくね」星子は立ち上がらずに、本当はもう空の紙コップを持ち上げてみせた。マドカは拍子抜けのような、ツーンと音のするような、そしてなぜか少し残念そうな、いろいろ混じった表情を星子に向けると、ウィッグやなにかをひったくるようにして外に出て行った。


赤毛の男とヒロインが『第三の男』よろしく観覧車に乗って会話する場面の予定だったが、ロケハンの結果、観覧車ではなく、別の遊具で撮影することに決まったらしい。

［ちょっとメリーゴーラウンドをみてます］と返信し、星子は一人で遊園地を歩くことにする。園内はすいていたが時折、轟音と悲鳴が同時に響く。星子にはみえないが、決して高くない上空から聞こえてくる。少しみあげればジェットコースターのコースがうねっている。今はまだそこを通らないコースターが遠くで客を乗せ、加速しているのだろう。射的や輪投げなどの連なる地帯を歩くと、小さなカッパに身を包んだ幼児が星子を追い抜いていった。鮮やかなグリーンのカッパには二つの突起があり、蛙の目だろうと思われる。履き慣れない長靴でドタドタとおぼつかない足取りで、後を母親らしい女性がついていく。

かつての自分と拠が追い抜いていったみたいだ。まだ作家になる前の。夫は休日出勤で、夕方までとにかく、どうにか過ごさなければならなかった。近場の公園には星子が飽きてしまっていた。遊園地にきても、拠はまだほとんどの乗り物に乗れる背丈ではなかったが、とにかく歩き回らせるだけで間がもった。あのときは平日ではなかったから人がたくさんいて賑やかだったが、今が閑散としていることで余計に、通り過ぎていった二人が過去から抜き取られた自分たちの残像のように思えたのだ。たまたまだがメリーゴーラウンドを目指す星子は、二人の後をついていく形になった。

「ほら、走らないよ」と母親が背後から声をかけるのが耳に入ってそれも懐かしい。そうそう、星子は勝手に得心する。走っちゃダメだよ、という言い方にはならないものだ。禁止の理由が「なんでも」になるように、子育ての言葉は類型化する。

子供を育てるということは端的に「つまらない人」になるということだ。そのことは「子育てはつまらない」という言葉と似るが、同義ではない。子供を育てると、人は率先してつまらない人になっていく。付き合いも悪くなるし、本や映画もみなくなる。インプットがなくなる。子供にかける言葉も生命の保全と健やかな成長を第一義にしたものになるから畢竟、道徳的になるし、口調も語彙も独創的でなくなる。望んで、せっせと、つまらなくつまらなく。

「お母さん、やっぱり抱っこして！」蛙の姿で駆け寄る子供に母親は、また始まったという呆れと諦めを含んだ笑いを浮かべた。今度は同じように甘えて駆け寄った幼い自分と、それに対して自分の母親が浮かべた笑みが重なった。ドタドタと靴音を響かせたちびっ子のころと、望んでつまらなくした子育てのころと、なぜか今と、同じ場所を歩いている。称君やマドカのような年齢のころが抜けていることに気付く。本当はあんな年齢のときにデートで歩くのが一番楽しい場所だのに、あのころ自分はなにをしていたんだっけ。ミニシアターとか、ライブハウス通いだ。別に後悔はないけど、撮影とはいえ、今の彼らを少しうらやましく思う。

残像の親子はいつの間にか姿を消している。遊園地は右にも左にも行き先があるものだから、どこにいったかちょっとも分からない。

「カルーセルエルドラド」は思った以上に暗い印象を与えた。装置自体が巨大な傘のようなもので日を遮る上に曇っているから、単純に光が届かないのだ。柵の手前まできて傘に包まれると、その名＝エルドラドにふさわしい、荘厳たる装飾が目に入るようになる。馬に混じって大きな豚がいて、馬車の手前を走るポーズで静止している。手すりにつかまって見上げれば、丸天井にも見事な宗教画（のような絵画）。なにしろ古いものだから、馬は上下に動かない。すべてただ、回るだけ。また遠くでコースターの悲鳴と轟音が響いたが、そのことで星子の周囲の静けさが強調された気がする。

人のいない遊園地の寂しさは、心地のいい寂しさだな。もう夕方と気付いたことも、感傷的な気持ちを加速させる。

「ほんま、古いんですね」聞き覚えのある声の方を向くと、称君だった。掲示のプレートの前で、その文言を読んでいたらしい。もともと百年前のもの云々と謂（いわ）れが書かれているはずだ。

「え、あれ。撮影は？」

「カメラのトラブルと、あと乗る人の少ない遊具がまた動くまで、また休憩になってもうて」説明しながら自然に——台本にそう指示されていたみたいに——星子の隣にすっと並び、手すりをつかんだ。

「ほんと、思ったよりちゃんとしてるね」事前にスマートフォンで送った彼の脚本への感想を、改めて伝えた。

「いや、星子さんの影響受けすぎで、むしろ照れますわ」

「ほんとだよ、もう」

ラブレターかと思ったよ、と思うけどそれは言わない。映画館やギャラリーで交わした会話がヒロインと主人公のそれになっているのだから、そう受け止めてしまう人はいるだろう。

人は人と喋るとき、別になにをみていても本当はかまわない。でも、喋ることは景色で変わる気がする。歴史をまとった昔の馬車や馬や塗装があちこち小さくはげた豚のひしめく景色を前にしていたら、寂しくて、あれ、これも擬態語でいうと、目の奥が「ツーン」としてくる。さっき、ちびっ子の自分と、子育てしていた自分とを幻視した。どちらも過去の自分だ。今はラブレターかと思ったよ、なんて甘い言葉を到底口にだせない、ただ年をとって古ぼけた自分だ。

あまり誰にでもいい顔しちゃいかんよ。簡単に誰にでもチューしちゃダメよ。マドカちゃん、いっぱいいっぱいだよ。むしろ、明るく説諭するほうがふさわしい。

そのとき、急に景色が明るく照らされた。

自分がなにかをひらめいたみたいな錯覚を覚える。夕刻——おそらく定められた時間になって

——カルーセルエルドラドのすべての電飾が急に点灯したのだ。華やかなようで悲しい光だ。

「あれは、ラブレターですよ」称君が言って、真顔で星子をみつめた。照明がついたのも、そう言ったのも、脚本にそう書かれていたからのようだ。

第十八話　好かれてありがとう

過去を歩く未来　連載第十一話

善財星子

トオルはアリサを起こさないよう、そっと立ち上がった。ベッドで、眠るアリサの寝顔をみて、睫毛(まつげ)の長さに見入る。女の子ってみんなこんなに睫毛が長いのか、この時代の女の子だけのことなのか、それともアリサだけの長さなのか分からない。この時代に来てからしばしば、トオルの事物への「思い方」はそのように三通りに分かれてはいちいち立ち止まるのだったが、とにかくつくづく、今は寝顔に見入る。

次の満月の0時きっかりに「回る豚」のどれかに乗ること……

そうすれば元の時代に戻ることができる。コインロッカーの中に置かれていた紙片の一節をトオルは反芻する。回る豚がなにを意味するのかはもちろん、すでに理解している。遊園地のあの古いメリーゴーラウンドの豚だ。

本当か、眉唾だと疑いは湧いたが、さして大きな疑念でもなかった。そもそも今の自分が眉唖のような状態のただなかにいるのだから。それよりも、夜中に遊園地に忍び込むという現実の行動の方がより、緊張する。

「行くよ」眠りにつく前、唇を離した後でアリサは言った。当たり前じゃないかという眼差しでトオルをみつめた

星子はキーを叩く指をワキワキさせる。さてさて、これからの展開だよ、まったく。

この前の回で、アリサはトオルと一緒に「紙片」をみている。紙片の言葉には続きがある。「見送り人を立てること」つまり、自分が豚に乗っている姿を必ず誰かにみていてもらうことがタイムスリップの条件だ。

アリサはだからこそ「行くよ」と即答する（そのように今、書いた)。

でもなあ。アリサはそのことを知らない方がいいのかもしれない。紙片を読むのはトオルだけ。なにも知らないアリサをメリーゴーラウンドまで連れていき、目撃してもらって、急にトオルが過去に帰る方が、より、なんつうの、切ない？　ていうか、「エモい」？

いや、それじゃあトオル、冷たくないか？　一話先行で執筆しており前の回は「ゲラ」の状態で、『小説春潮』には掲載されていない。つまりまだ編集者に連絡すればギリギリ「前」も直すことができる。掲載されるまでは、知るも知らぬも、チューするもしないも自由自在。

えーと、どっちが「いい」んだ！　作者のくせに星子には分からなくなる。立ち上がり、冷蔵庫からペットボトルの炭酸水を取り出してガブガブと飲み、荒く息をついて再びキーボードにとりつ

く。

トオルは台所に行き冷蔵庫を開ける。中に横倒しのペットボトルを手に取って飲む。ウィルキンソンの炭酸水をラッパ飲みするとき、自分が未来にきているという実感が強く生じる（「ラッパ飲み」という言葉も、今はそんなに言わないのらしい）。

夜中に、照明をつけずに開けた冷蔵庫の明かりで灯される部屋には覚えがある。一夜漬けの試験勉強の夜食を求め、階段をそっと下りて、同じように冷蔵庫を開けた。片手で持てるサイズのペットボトルは当時はなかった。居間の壁では古い——でも特に由緒があるわけでもない——時計の針がチッチと鳴っていた。

星子は居間の掛け時計をみて、ゲップをした。

炭酸のゲップを遠慮なく放ったあと、気持ち悪いくらいボタンの多いリモコンを拾い、テレビをつける。夜中に卓球の国際試合をやっている。しばらく眺めたが、トオルには卓球をやっているという感じがしなかった。卓球って、こんなスポーツだっけ。選手たちの肉体の躍動にも驚くが、そもそも卓球（なんか）をテレビ放送しているのが信じられないのだ。

カリアゲヘアーの同級生を思い出す。あいつ、たしか卓球部だった……名前が浮かばない。卓球は、バスケ部とバレー部の練習する端っこで「ネクラ」な痩せた男子たちが数人でこそこをやっているものだった。あいつと休み時間に卓球をしたことがある。嫌な目つきとカジモドみたいな極端な姿勢で、すごい球を打ってきた。打ち返せないか、稀にラケットに当ててもその球は必ずあらぬ方向に飛びあがり、アウトになってしまう。

すごいのに全然、あいつへの尊敬の念は湧きあがらなかったな。そんなこと、うまくなったところで、どうするんだ。自分だけでない、皆がそう思っていたはずだ。だが、どうするんだ、とバカにしていた問いへの答えが本当にはあったのかもしれない。テレビ画面の向こうの、世界大会で活躍しているのが彼だったりするのかも。

そんな風に、過去の自分は思えなかった。

僕は今あいつに、「あのあいつ」にまた会いたいだろうか。こんな状況の場合「大事な家族や恋人、友達にまた会いたい」と思うのが普通だろう。そんなに強い気持ちは正直なかった。逆に「大事な友達というほどじゃない、ただ知っている誰か」にあっても、トオルはその全員に対して微笑を浮かべる自分を、今は想像できた。

時空を超えたことで見聞きするものに違和感が生じることには、もう慣れている。トオルは特に仲良くなかった卓球部の同級生をただしんみり思い出していた。あの時代に軽んじられていたあいつが、今はヒーローかもしれないとしたら、それはゆがんでいるのでなく、ただの時間の進行の結果だ。

「時空のゆがみは正されなければならない」数日前に男から聞いた言葉でトオルの覚悟は決まっていた。アリサと別れることになるが、ゆがみの正されないままで生じる世界の危機の、その世界に彼女たちがいるのだから。ゆがんだイレギュラーな存在は自分だ。

「起きてたの？」不意に声をかけられる。アリサが寝間着姿で立っている。

「ついさっきね」似た会話を、したことがある。ここではないがここと同じように暗い、過去の時代の台所で、そのときの相手は母親だった。あとから起きた人間は、先に起きた人間がどれくらい前から起きていたかを必ず、知らない。不思議だな。その違和感は、時空のゆがみと無関係。自分をみているアリサをトオルは愛しいと思った……


「もちろんエモくしましょうよ」メール送信後に受けた電話越しの担当編集・朝井の即答ぶりは、作中のアリサの即答並みにきっぱりしていた。アリサは別れを知らない設定に変更した方がいい。ゲラの修正はまだギリギリ間に合います。

「あーはい」電話をかける前から、朝井はそういうんじゃないかと思っていた。

「それと、夜中にテレビで卓球をみるくだりはよしとしますが、そのあとの場面。森口博子と機動戦士ガンダムのくだりとか要らないですから」

「えぇー」そここそ、ノリノリで書いたのに。トオルは自分の時代の新人アイドルが未来になっても「まだ同じ歌を歌っている」ことに驚くが、アリサは初めてその歌手の存在を知るというくだりだ。近い年齢なのに急に「おじさんと女の子」になる（そして、そんな状態にさせる歌手や歌は少ない）ところが面白いと思うんだが。

「もう、そういう小ネタ書いてる段階じゃないでしょう」

「そうなのか」プロなのに「段階」が分かっていない。

「しかし、改めてゲラを読みましたが、第十話の最後の、観覧車の照明が急に灯る場面、すごくいいですね」見直した、みたいな調子だ。星子は電話越しに肩をすくめる。褒められて嬉しいだけではない、台所事情をみられたみたいで恥ずかしい。ペットボトルを手に取ったら直後にはもう、その行為を書きつけるように、先週の遊園地でのことをもう、星子は「使った」。体験をすぐ「取って出し」で書いてしまう、作家が「〆切に追われる」とはそうなるということだ（……すべての作家がそうか知らないが）。

「あれ読んで、完全に脳内で久保田利伸かかりましたよ」

まわれまわれ　メリーゴーラウンド
もうけして止まらないように

星子も後で同じ曲を想起した。かつてのトレンディドラマの大ヒット曲を。実際の場面では、「カルーセルエルドラド」は回らなかった。単に照明がついただけだ。それでも出来過ぎの「演出」のようで、その場でもつい、いつものように茶化してしまいそうになったが、その必要はなかった。

「……では、ゲラの〆切は週明けすぐで。よろしくお願いしますね」朝井は常より機嫌のよさそうな声で電話を切った。会って打ち合わせするのでなくて、電話でよかった。にやけたりしなかったとは思うが、顔をみたら「なにかいいことあったんですか」と勘ぐられたかもしれない。

二度目のキスはあの場ではなされなかった。夢のような光に照らされたまま腕をとられ、引き寄せられた。足を靴に載せたら

「痛い痛い！　今日は、ちゃいますねん、安全靴ちゃいます！」

「ああ、ごめんごめん」星子はあわてて称君から降りたが、次に目をあわせたとき、間抜けなやり取りに呆れるお互いの笑みの中に、既に大事なキスをし終えた者同士の甘い親密さが生じていることを二人とも自覚した。そこで称君のスマートフォンに——これもト書きにあるみたいなタイミングで——撮影再開できそうだと連絡が入った。じゃあ、私は帰るね。終わったらすぐ、連絡しますわ。うん、じゃあ、待ってるね。星子は手を振った。ますます油断のならない男だという感想さえ、光の中で甘いなにかに反転した。

その夜遅く、ホテルのベッドで「初めてじゃなかったんですよ」という述懐の続きをやっと星子は聞いた。本人も別にたいしたことじゃないんですとはぐらかしていた通り、特に曰くのある話ではなかった。星子がなんとなく予想していた通りだ、映画館で無音の映画だと思って観ていたら、しばらくしてやり直した経験のことだった。

「そんときの映画の冒頭は、高速道路でした」星子は想像してみた。無音のまま、上空から映される、高速道路を走る車の流れ、テールランプの赤とヘッドライトの光の連なりを。いかにも、映画の冒頭にありそう。

「まったく違和感を感じなかったんですわ」ゆっくりと縦に移動するカメラ。真上から映される車

の群れはそれよりもっと速い。活気ある都心がこの物語の舞台なのだな、と分からせる演出だ。うちの一台にカメラは近づいていき、この車が物語に関わるな、と今度は分かってくる。その時間、とにかく称君は映画を観ていた。無音の静かな演出だなと思いながら。

車内のカットに切り替わり、主人公とおぼしき男の険しい表情がアップになったところで不意に映像はぶつりと途切れ、劇場の外でバタバタと足音の気配がした後で「すみません、音が入りませんでした！　すぐにかけなおしますのでお待ちください」と謝罪の声が後方から響き、上映しなおされた。大げさでなく「並行宇宙」に移動したような気持ちがした。

「そういえば、あんときはタダ券くれへんかったなあ」

「それ、何歳のころ？」

「高校三年です、塾さぼって映画観まくってて」そんとき自分が観ていた映画は完全なものではなかった。でも、違和感をもたずにいた間、自分はたしかに映画を観ていた。なんや、これ。

「ほんま、なんやねんこれって、そんとき妙に興奮して。不安とか、時間を損したとかじゃなくって、喜怒哀楽のどれとも違う、変な気持ちで、とにかくそんな風に感じたこと、それまでなくって」星子は称君の横顔をみた。至近で、体温を感じながらみるのは初めてだった。明かりを消してくれとお願いしたから、ドア近くのフットランプのわずかな光しかついてなかったが、みようとした。睫毛の長さもみたが、今よりもっと若い、狐につままれたような気持ちの、その瞬間の称君が今だけそこにいる、それをみる気持ちでみた。

「うん」

「でもそのとき、そこに、星子さんがいなかったんですよ」

そんなことでと星子はいいかけてやめた。そんなことで、人を好きになるの？

「それからそのことをずっと気にかけて生きてきた……わけあらへんけど、あの日、あのとき同じことが起こって、星子さんと話せたことで、あのとき映画を観て『ないことになっていた』自分が再び、生き始めたっていうか。……それで、短編でいいから作りたい映画を作ってみようって、その日思ったんです」

「ありがとう」

「ありがとう、て」称君は年上の男みたいに笑って、星子の額に口づけた。

「好き」という言葉は、少し前の暗闇で抱かれながら何度も言ってしまったので、今の「ありがとう」はまだ心のそこらに余っていた言葉を手に取って言った、みたいな感じがした。

「言葉」はいつでも心のそこらに、固体のように石のように、無造作に転がっている。たとえば穏やかに暮らしているとき、怒りにまつわる語彙はごろごろ転がりっぱなしだ。いざ怒ったとき、適当なそれらを拾って放る。そうしてみると「好き」とか、セックスに至る際に用いるようなむき出しの言葉は、かなり長いことごろんと置かれていたな。もうあと何回使うんだろう。いつまで続くかまるで分からない、今だけかもしれない恋人の手にもたれながら星子は目を開いた。ホテルのカーテンは分厚く、光は差し込まなかったがきっと明け方だ。いつもと感触の違う枕の裏からスマートフォンを取り出して時刻と着信を確認する。拠からは前夜の**〔呑みすぎ注意！〕**以後、新たなメッセージは来ていない。夜食を一人で食べてまたこんこんとノートを埋めている娘の姿を浮かべ、少しだけ胸が痛んだ。

それから一週間以上、称君とは会ってない。短編映画賞の応募に向けて編集作業があったし、星子にも〆切があった。〔**応募が終わったら会いたいです**〕と向こうが熱心に、かつ「先に」会いたさを言語化してくれただけで星子は満足していた。満足して、会いたい会いたいとはやる気持ちには、あまりなっていない。

これぞ大人の余裕ってやつか。それとも体力の問題か。茹でたじゃがいもの皮が綺麗にむけるドイツ製のゴムのミトンで、茹でたての男爵芋を握りながら考える。

そんなに好きじゃないのかな。いや、彼のことは好きだ。会話していると物の感じ方や考えの進め方が自分とぴったりと添うように思う。見た目も好きで、よければ遠慮なく眺めていたい。そういうのは立派な恋情のはず。でも「ありがとう」と咄嗟に放った言葉も恋情と別にある。年取ったら、好かれる＝ありがとうになるんじゃないか。

ミトンの表面にはコブコブがついていて、手の中でこすると労なく皮がむける。さすがはドイツ製だ。熱いじゃがいもを摑んでも大丈夫なよう厚手になっているが、これをはめた様はプレス機に挟まれて巨大に腫れた手にみえる。真っ赤だから余計に。たとえばそういう感じ方に、すんなり同調してくれる男性は少ない。

でも、どこかで彼を低くみるというか、軽んじてもいる。夏にカラオケ店ですっぽかされて以来、星子は自分が軽んじられているんだと思っていたが、一夜を過ごして後、むしろ自分の方が彼を侮っていることに気付いた。

先月の、メリーゴーラウンドが点灯したとき、胸が高鳴るばかりでもなかった。「映画がラブレター」って素敵な告白のようだが、それにマドカちゃんが主演って、ひどくないか？　と思った。著しく鈍いか、ヌケヌケしているかだ。どちらにしても、それは人を傷つける。だから、彼の制作している映画が私的なものでなく、あくまでなにかの賞に応募するものだったことは、せめても星子を安堵させていた。自分の小説も——彼との共有体験を用いているからといって——彼へのラブレターなどではない。誰其に捧ぐ、というような表記も絶対に入れないでくれと念を押すつもりだ。


〔え？　そんなんでしたっけ〕マドカちゃんからダダ漏れになっている好意を示唆すると、いろいろな意味で心配になる反応を返して寄越した（下手したら私、刺されちゃう！）。若いということは未熟ということだ。当たり前のことを星子は実感しつつある。

未熟の反対語は成熟だが、自分が成熟しているとは思わない。メリーゴーラウンドの前で「高鳴っ」てしまったのもたしかで、だがそれは甚だ利己的で薄情な（成熟とは遠い）喜びでしかない。マドカちゃんや称君は多分、そういう利己性を持っていないか、あってもまだ自覚してない。

じゃがいもをマッシャーで押しつぶす。冷蔵庫を開けてマヨネーズを切らしていることに気付き、エプロンを外し財布を手に取った。

外に出ると道の端に車が停まっている。新型のたしか、スズキジムニー？　ジムニー買うとか買わないとか言ってた人、誰かいたような。思考をたどって思い出すのと、フロントガラス越しに元夫の基雄と目があうのと同時だった。

第十九話　GTA未遂！

フロントガラスの向こうで基雄の口がおぉ、という形に開いたのが分かる。

近づいていくとサイドウィンドーが下がる。その少し前から、基雄は照れ笑いみたいな、かつ得意げな顔を浮かべていた。新型のスズキジムニー買っ・ちゃ・い・ま・し・た、テヘ。という感じの。鮮やかなライム色のジムニーは十月の曇天の住宅街にハザードを点滅させている、そのカッチンカッチンさえ真新しい、鳴らしたての響きに聞こえた。

「どうしたの？」

「いや、拠にいきなり自慢しようと思ってさ」

「新車？　あ、拠は塾だよ」

「そっか。今日は夕方から塾って言ってた気がしたんだけど」

「いいね、ジムニー」

「……乗る？」別に、拠じゃなくても、自慢できたら誰でもいいんだ、という調子で顎を動かしてみせた。

「いいの？」乗る？　とか軽くいっちゃっていいのか、あんた新婚さんだろうに。拠が乗るのと私では意味に違いがある。元妻が乗ったなんて、助手席に定位置を占めるであろう奥さんに嫌がられやしないか。残り香とか（あるか分からんけど、あったら）どうすんだ。まっとうに湧き上がる躊躇と拮抗するほどに、乗ろうという気持ちも湧いてきて悩む。近付いてまじまじみる新車というものは、思いのほか魅力的だった。しかも、最近のトガった目つきのつまらない車と違った、久々に「いい顔」の車。

　新車っていいな。その容積も含めて〝可能性〟が具現化してるっていうのだろうか。それに乗ってたとえば、綺麗な、人のあまりいない海なんかに行くわけだけども、もう車体自体が綺麗な人のいない海みたいに、キラキラと感じられる。

「いいなあ、新車」クラスメイトが新しい靴を履いてきた日みたいな、素朴な声が漏れる。

「いいんだよ」運転席に収まって基雄は——てらいなくと決めてそうしているみたいに——デレデレしている。

「どっか行くとこだった？」

「マヨネーズ買いに」少しもキラキラしてない用事だな。

「乗りなよ、送ってくよ」別に、スーパーもコンビニも歩いて行けるのだが。星子は路上で腕組みをした。

「うーん、乗りたいが……」目を閉じ、深遠な事項に直面した者のごとき、悩み深い顔になる。

「だったら、ほら」

「私に運転させて！」

「え！　……まあ、いいけどさ」

星子は反射的に（図々しい）希望を述べたが、心の内ではもう一つの（図々しいどころではすまない）やり方を思っていた。拠が少し前に遊んでいた、プレイステーションのゲームの手法だ。なんでも自由に行動できることが特色のゲームの、実在のロサンゼルスをCGで再現したリアルな世界で、赤信号で停車した車の脇に主人公を立たせ、ボタン一つで中の運転者を引きずり出してボコ殴り、そのまま車を奪って逃走する。

もっと残虐な行為もできてしまう「Z指定」のゲームだったが、拠の背後で星子は眉をひそめないどころか、ゲームが上手だったら自分で遊びたいとさえ思ってみていた。奪った車のカーステレオから、その持ち主が直前までかけていた音楽が流れ続けるのが、すごくリアルで好きなところだった。車だけでない、人の「快適な時間」をも根こそぎ奪いとった感じ。

別に基雄をボコ殴りにしたいわけではないが、そんな風にボタン一つで、たまに道でみかけるイカした車に「さくっと」乗ってしまいたい。

「いいの!?　ラッキー！」はい、はい、降りた、降りた。素早い手ぶりで降車を促され、いつの間にかやり取りのペースを握られたことに戸惑いながら降りてくる基雄と入れ替わりで、星子は新車に乗り込んだ。急いでシートベルトをしてギアの位置をチェックし、ミラーの角度を変える。エンジンをかけてよし、出発だ！

「俺を置いてく気か！」と叫び声をあげ、基雄が塀と車体の間をすり抜けて、助手席の狭い隙間から急いで入り込んでくる。ゲームなら、このまま発進して振り落とすこともできるんだがな。

「なんだ、あなたも乗るの」一人きりで一回りしてくるつもりでいたのに。

「乗るよ！　普通『車に乗る？』って誘いは、ただ『移動します？』ってことじゃないだろ。そのまま、積もる話とかする流れじゃんか！」

「そっかぁ」

「『それで、最近どうなの？』とかさ。『うん、なんとかね。そっちは？』とか言いあってさ……」

「『最近どうなの？』」

「いいよ、もう！」

「うわ、硬っ！」下げようとしたサイドブレーキレバーがびくとも動かない。そうだ、この人は不必要にレバーを強く持ち上げる人だった。変わってないことなど、会話せずとも伝わる。

「ほら」レバーを下げてもらう。内蔵されたカーナビの、現在地にピンが立っているのが分かった。本当はやはり、拠にみせたかったし驚かせたかったんだろう。日中は私はだいたいこもって執筆していると踏んで、塾に行く時間を見計らったんだな。

結局、カーナビ任せで近場の巨大ショッピングモールまでいき、最上階のフードコートでサーティワンのアイスクリームまで食べた。いざ会ってみると、二人の娘について話すべきとまではいわなくとも、話し合っておいていいことがたくさんあった。理転・文転騒動を、基雄はまるで把握しておらず、車中でその顚末を話すうち、コンビニ往復ではすまないことになったのだった。

「抛だけどさ、あいつ、なんか、よくない恋をしてるんじゃないかなあ」二段に盛ったアイスの上段をほぼ食べ終えたころ、基雄は少し声を潜めながら疑念を投げかけた。

　お、と思う。知ってるんだ。先の車中で話題に持ち出さなかったということは、話題にするか迷ったのだろう。

「なんで。メールで抛から、なにか相談してきた?」

「いや。少し前にさ、十中八、九、抛だろうっていうツイッターアカウントを突き止めて、こっそりフォローしてるんだけどさ。なんかこう、ボヤいてんだよ、ほら、これみる?」

「………」スマートフォンを差し出されそうになったが首を振って、自分のアイスを食べ進める。

春のドライブでの、抛の言葉を聞いたときと同様に、まず「オソロシー」という言葉が口をつきそうになり、また「血は争えない」という安直な言葉も浮かぶ。そのことを知ったのがほぼ同じ（車の運転中か直後）ということもまた不可思議な気持ちをかきたてた。

　少し前のツイッターに似た事案が載っていた。**〔学校の先生に「データを保存するアイコンの四角いやつをみたことない」って言って少し待って、検索かけたら、そのこと（今の若者はフロッピーディスクを知らないということ）を驚くツイートをしている人が必ずいて、それでその先生のアカウントを突き止められる〕**というのだ。呆れ、感心したが、この男は実の娘のそれを、どういう手管で探り当てたんだろう。

　もっとも女子高生って皆、似たツイートをしてそうだから、間違えて別の子のツイッターをみてたりして。

「会ったよ、拠の彼氏に」別に、拠情報に関して優越的な地位を誇示したいわけではまるでなかったが、動揺が目にみえて面白そうだったので、出し抜けに——尖頭器をたずさえて喚いている猿人のもとに火炎放射器の圧倒的な炎をボーボー言わせながらジェットパックで舞い降りるような気持ちで——言ってみる。

「マジか！」基雄は目をカッと見開いた。予想通りの反応。星子はアイスも基雄に先行して下段のラムレーズンをほぼ平らにし、コーン部分をかじり始める。

　まあ、優位に浸る星子にしても「会った」だけだ。何者で年はいくつでとか、全然知らない。

「拠、あんた、さっきの人はいったい誰なんだい？　身持ちのちゃんとした人なのかい？」お母さんみたいに（というか、お母さんなのだが）食い下がって聞き出す自分を想像したりもしたのだが、なんだか聞いてない。拠が自分から堂々と紹介してくれたという一点で、今はもろもろ、信じることにしたんだった。

　基雄が「そいつぁどこのもんだ、いくつだ、なにしてる人だ」とまくしたてはじめた質問はすべて、親としてまっとうな疑問だ。

「うんと年上っぽい。ちょっと会っただけだし。なにも分からんが、殴ったりはしなそうな人だったよ」コーンの最後の円錐(えんすい)を口に放り込み、舌で唇をぬぐう。

「そんなの」当たり前だろう、と基雄の声は尻すぼみになる。アイスが垂れそう。星子の——出てくる言葉と別の——悠然とした口調や態度で、これ以上つけつけと訊いても今は無駄と察したようだ。

「俺らのところはこんなの、なかったなあ」星子は紙コップのコーヒーを、基雄はアイスの三角コーンを持ち、モールの吹き抜けの手すりから三階、二階を見下ろした。基雄はしみじみとつぶやいた。

「うんうん」星子も頷いた。「こんなの」という省略はアイスクリームではなく（サーティワンは古くからある）この巨大モール自体のことだろうし、「俺らのところは」という省略は、俺らが付き合ってたところというより「幼い拠を育てていたところ」という意味だと解釈する。

「地方都市にはもうあったんだろうけど、私らの生活圏にはなかったね」精確を期した言葉を足して、星子も見下ろしてみる。各階ごとテナントの並びに違いはあれ、どの階の様子も今立っている四階と似たにぎわいにみえた。輪切り、CTスキャン……そういった見え方で、人々の動きがみえるのが面白い。おじさんにおばさん、高校生たち、走る子供、それと新幹線でいう風防の位置にアンパンマンやディズニーのキャラクターがついた、ベビーカーを兼ねたショッピングカートが、いわば「回遊」している。

「今、こういう、レジャーとかで行くような施設に久々に行くと、なによりトイレが昔と違うなあって思う」

「うんうん」レジャーとかで行くようなとこに行くんだ、とついからかいそうになるが、やめておいた。自分も最近、たまたま行ったんだった。

「なんだろう……なんか、トイレが、寒くないことに驚く」

「そうだわ。逆に、トイレって寒い場所だったね。たまに古いミニシアターに行くと思う。もちろん客商売だから、決して汚くはしてない、清潔なんだけど、床のタイルのところどころひびの入ったトイレが寒くてね」

「そうそう」

「少し前に『としまえん』に行ったんだけどさ。休憩所のテーブルに、後から補修してベビーチェアを取り付けてあってさ。設備が古いから全とっかえできなくて、時代の要請に何とかついていってるんだなって思ったよ」

「『としまえん』なんて、デート？」

「取材です」ギクッとしたが、持ちこたえた。

「俺も実は、また子供が出来てさ」

「へえ！」大きな声が出た。「俺も」という会話のつなげ方はおかしいと思ったが、驚きが勝った。

「いいじゃん」言ってから、基雄の顔をまじまじみた。ときどき友人や娘の顔を改まって確認するように。老けたといえば老けた、顔のシミは昔からあるけど、その周囲の皮膚も少しくたびれている。

　拠が生まれたころの若い彼は会社員で、出張ばかりだった。今は半ばフリーの経営コンサルタント（なにかアドバイスするだけで金がもらえるって、なんでだか全然わからない）だそうだから、時間がやりくりできるならば初めてちゃんと「育児」をする。それも今どきの育児をだ。

「あんなのつけて歩く自分の姿が想像できないわ」

「あれね」ちょうど手すりから身を反転させるとフードコートの出口で、赤ん坊を抱っこ紐で固定した男性とベビーカーに買い物を積んだ女性が通り過ぎていくところだ。

「あれ、つける気なんだ」できないわ、という言葉は、したくないというニュアンスで発せられた風ではなかった。

「そりゃ、つけるだろう」あれ、今度は他人事みたい。大丈夫かね。ミルクをちゃんと作ったくらいでもおおげさに褒めてあげないと、すぐめげちゃうんじゃないか。

「いいね！」フェイスブックの、親指を立てるボタンをクリックする気持ちで言ってやる。

「いいかな」別にマタニティ（ではないのだが）ブルーという風でもなさそうだ。むしろ、まんざらでもなさそう。当世の流儀に従って、ショッピングモールで抱っこ紐で赤ん坊を抱っこして、アンパンマン風防（ではないのだが）のカートを押す未来の自分を、ただただ不思議に思っているんだろう。

「いいよ。二回も生きられて」幸せを妬（ねた）むみたいに受け取らないとは思うが、あまり羨ましそうに響かないように気を付けた。

　帰りは助手席に座る。

「そういえば高橋さんって友達いたよね、同じ会社だった」

「高橋……志保のこと？」

「うん。あの人、俺らが別れた後もフェイスブックではつながってるんだけどさ、元気？」

「元気だよ」おかしな質問だと思う。「フェイスブックでつながってる」なら、元気かどうか、よく分かるのではないか。

「いや、あくまでもフェイスブック上だけど、情緒不安定にみえて」

「どんなふうに？」

「いや、なんか『この世界がどんどん悪くなっていく』とか『疲れた』とか、フェイスブックに不似合いなネガティブな言葉が続いて、つい最近は『家売って外国行く』って書いてたよ」

「そうか」近所のコンビニの前で降ろしてもらう。すっかり日の落ちるのが早くなっており、肌寒くなった。

「拠に会いたいなら不意打ちじゃなくて、ちゃんと連絡した方がいいよ」

「ん」片手をあげて去っていった。私にというより、拠にまず知らせたかったんだろうな、弟か妹ができることを。

　コンビニに入る。よく立ち寄るのに、マヨネーズがどこにあるか分からなくなって何度かめぐってしまう。志保が気がかりでもあった。ツイッターの更新もしばらくない。

第二十話　反射

〔家売って外国行くって？〕

悩んだ末、星子が志保に送信したメッセージは、基雄から教わった情報をそのまま放るものになった。二日後くらいに「既読」になり、すぐに**〔貴様なぜそれを！〕**と劇画調の男が叫ぶイラストのスタンプが返ってきた。劇画の元ネタは星子にも分からないものだったが、ノリはいつもの志保だったのでひとまず安堵した。

差し当たっての返事として**〔M-6の情報収集能力をなめるな〕**と言い捨てるジャック・バンコラン少佐（『パタリロ！』の）のスタンプはないかと探したが、そんな都合のいいのはなかった。ガスコンロの弱火の上で四角い卵焼き器を傾けて溶き卵をのばしながら、でも、と星子は思い直す。誰かに対してだけ見栄を張るってことはないか。

好きな有名人が逮捕されたり、悲惨な事件が起きる度、志保は落ち込んでいた。その都度大丈夫かと確認して、会ってみるといつもの飄々とした志保なのだった。

今度も（劇画調スタンプを無視して）久々に会おうと提案し、そのうちには会うことになった。

会えばきっといつものノリで「なんだかんだ元気」というところをみせられて、遅くまで飲んで解散、きっとそんな風に過ぎるだろう。

それを、自分に対してだけ発揮される強がりかもしれないと思うようになったのは、少し前に基雄と話したからだ。

車中で拠の学費は大丈夫かと聞かれ、咄嗟に「大丈夫」と応じてしまった。

むしろ「そっちこそ、新たに子育てが始まるんだから無理しなさんな」と言い足しさえしたのだった。新車を買う金があるくらいだ、出す余裕はあるのだろうし、してもらってよい立場だし、彼がそうしたいのかもしれない。

拠の学費や生活費を自分ですべて出したいという気持ちは、かつては意地によるものだった。自分から三行半を突きつけた相手になど頼りたくない。当時は慰謝料も――引っ越し代くらいしか――頑なに受け取らなかった。

でも、別れて何年も経ってみると、その原動力になっていた「強い怒り」はとうに霧消してしまっている。離婚するというのは、ほとんどその解消のためだ。感情に囚われ続けるのはしんどいから、それをなくすために別れる。拘泥せず、さっぱりとふるまう方が「粋」だという若い考え方も当時はあった。

今、改めての援助の申し出に対して、それは助かるなあという素朴な気持ちしか浮かばない。あれ、意地はどこにいったんだ？　車中で断ったのは意地というより「反射」だった。

それでも「やっぱり援助のことだけど」などとメールをしたりしない。「そのときその相手にだけ発揮される、嘘ではない態度」というのが自分にもある。志保も私の前でだけ「飄々とした女」を嘘なく（もしくは反射で）みせられるが、しんどい志保という存在も本当で、両者はＳＮＳも用いて使い分けられる。

菜箸でぱたぱたと転がして、卵焼きが出来る。切って半分を拠の弁当箱に、残りをタッパーに移す。今日は自分にも珍しく弁当を作っている。

「おはよう」洗顔を終えて台所にきた拠は菜箸の脇から弁当箱をのぞき込み、星子は拠の顔色をみる。寝不足が過ぎて落ちくぼんだ表情だったらどうしようか。分別できるゴミ箱の、空き缶入れの蓋を開けたらレッドブルの缶が二つもみえて、なんだか心配になったのだ。

「なに？」

「あれ、よくないよ。若いのにあんなの飲んで」

「レッドブル？　大丈夫だよ」

「あんな、赤まむしドリンクなんか飲んで」拠もまた（「大丈夫」という拠の言を無視した星子と同様に）取り合わず、薄く笑って冷蔵庫の扉を開けた。もう少し以前なら「ていうか、なに『赤まむしドリンク』って」と「元ネタ」を訊いてくれたものだがなぁ。徹夜の受験勉強で目を血走らせた『東大一直線』の人物たちが飲んでいた（他にも昭和の漫画の中で〆切に追われる漫画家たちがコマの端っこで飲んでいた）決して自分では飲んだことのないアレ。元ネタの説明をさせたら得意げになるから、聞いたら負け、と思われているのらしい（心でチッと舌打ちをする）。拠は野菜室からミニトマトと、冷凍室からコロッケを出してくれた。自分の方にはもう、昨夜の残り物がぎゅうぎゅうに詰め込んであるのだが。

「そういえばお母さん大ニュース、私に弟か妹かできるんだよ、しかもハーフの！」

「フェイスブックで？」訊き返しながら、トマトのヘタをとる。シンクに捨てるミニトマトのヘタは小さな虫の死骸を一瞬想起させるので、すぐに排水口に流してしまう。

「いや、さすがにお父さんからメールきた」そうかそうかと今さら感心したのはハーフという部分。再婚相手、外国人って言ってたな。ハーフかあ。不思議な気持ちで拠をまじまじとみつめた。

　大人もかつて子供だったから、拠が直面する大抵のことは知っているし、気持ちも分かる。でも、年の離れた兄妹が不意にできた経験はないから、星子にも分からない。いったい、どんな気持ちがするんだろう。

「なんだお母さん、知ってたんだ」驚きの薄さで察したらしい。

「まあね」ＭＩ６の情報収集能力をなめるな。バンコラン少佐も拠、もちろん知らないよね。

「あれ、お弁当もう一個作るの？」拠の弁当箱と別のタッパーをみられる。

「うん。私もたまには弁当を持って、外で仕事しようかな、なんて思ってさ」細長いステンレスのサーモスも携行して、公園のベンチでノートに「構想」をメモしたりなんかして。それってなんか、作家っぽくない？

「あれ、でもお母さん。今日の午後はたしか、接待で出版社の人におごってもらうって言ってなかったっけ？」

「え？　あ！」うろたえて、スマートフォンの「カレンダー」アプリをみれば、称君と久しぶりに会うことになっていた。いわゆる「デート」だ。撹からは、呆れというより健忘症を心配する表情をむけられるが、もちろん星子は星子でショックを受けた。たまに、らしくないことをするとこれだ。デートと弁当と、どちらが「らしくない」ことか、自分でも分からなくなる。

こんな風情のない、卵焼き以外ドドメ色した弁当、デート相手どころかあらゆる他人にみせられん。それにデート相手ではない、自分のために弁当持参するデートっておかしいよね。写真に撮って称君に**〔間違えてお弁当作っちゃった〕**と送信しかけ、寸前でやめる。

笑ってもらえないどころか、デートを忘れていたことで傷つくかもしれない。こういうことを笑ってもらえそう、というところこそ、ウマがあうところではあるのだが。

「好かれている」ということへの慣れなさは、仮に彼と長く付き合ってもなくならないんじゃないか。年の差ゆえの卑屈さや自信のなさとは無関係に、それこそ間違えて弁当を作っちゃった、みたいな感覚で「間違えて」接してしまう。うーむ。これ、称君に食べてほしくて作ったの。心の中でシミュレーションしてみて噴き出しそうになる。え、これ？　うわあ、美味そうやな——……。

コロッケの解凍の終わった音がして、撹の弁当作りに戻る。撹は昼、誰とこれを食べるんだろうか。

撹を見送り、朝ご飯代わりにドドメ弁当をカッカッと食べてしまう。「水筒の麦茶を家で飲んでおり」って誰かの俳句があったなと思いながら、サーモスのお茶もすすると案外、当初の想定通りに公園にいる気分になった。ノートを傍らに広げ、メモを書いてみる。レッドブル。赤マムシドリンク。東大一直線。パーペキ！　少しも作家の構想ノートっぽくないな。

午後、称君の部屋で出来たばかりの称君の映画を観る。デートの甘さとは無関係のソワソワをソファのすぐ隣から感じ取る。

「うわ、やっぱり、めっちゃ緊張してきた」ディスクをセットして腰かけ直し、称君は胸に手をやっている。

自分の小説を、誰かが読んでいるそばにいたら、同じようにソワソワするだろう。エッセイ漫画家が作品内でそんな回想をしていた。原稿を取りに来た編集者があぐらをかいて、描きあげたばかりの原稿を無言でめくるとき、正座で顔をみつめる。ウケて笑ってくれるか、決めのコマで目を留めてくれるか。気になるに決まっている。

だが小説はそんなにすぐに読めない。たとえ「手渡し」したとしても、必ず編集者は持ち帰って、別の場所で読む。作者のソワソワが露呈しない仕組みだ。

「やっぱり俺、外で待ちます」

「うん」気持ちは分かるので出て行く彼に手をふるが、残念だ。ソワソワする称君は新鮮なかわいさだった。同時に、目前の若者が交際相手であるというだけでない、作品の「作者」だということが不意に認識され、独特の親近感が湧いた。

作品というのは恣意（しい）の総体だ。これでいい、こうする、こうしない、これで終わる、こういう形にするということを全て作者が統（す）べる。映画は予算や役者の演技など「思い通りにいかない」ことが多いから、いっけんそう思えないし、思わない人が（映画関係者でさえ）多いが、納得するまで撮り直して完成させない自由もある中で「これでいい」と、やはり自発的に決定しているのだ。だから一個でも作品を最初から最後まで作り上げたら、それは恣意というものを発揮し尽くした、図々しい仲間だ。

コントラストの強いモノクロの画面に神宮球場近くの無人の道が出てきて――撮影に立ち会ったのはそんなに過去のことではないのに――懐かしくなる。若い女が歩いている。尾行されている。暗転し、雑踏の音も途切れ、次のシーンは小さな映画館。次に起こることを星子はあらかじめ分かっている。無音の演出だと思っていた映画は音声が出ていなかった。「敵」が映写室に入ってスタッフと揉み合うやり取りで、映画は無音になる。そうと気づかずに画面をみつめる女。それをそういう（無音の）映画だと思っている顔。私自身がみることのできなかった、私が現実にみせた顔。

どんな出来栄えでもよかったよというつもりだった。あらゆる「作者」は身近な者にはいつだって全力で全肯定されるべきと信念のように思っている。だけど出来栄えとも無関係に、もうなんだか感動している。映っている若い女は自分ではないのに、過去の自分がそこにいて、目の前の映画を本当（の映画）と信じている。信じるというか、なにかを疑わないでいる。

なんとけなげな自分と自分よ。映画の中で信じている、若い自分。映画の外の、なにかを信じているとは限らない、若くない自分。

「いい映画じゃん」部屋に戻った称君に鼻声で言い放ち、ティッシュの箱を手渡してもらった。

会おうと言い合ってからも雑事に追われ結局、志保と会えたのはクリスマスも過ぎた年末の夜。

改札を抜けるとすぐ前方にカフェがあって、志保が座っているのがウィンドウ越しにみえた。スマートフォンをつまらなそうにみている。暑かったのでマフラーを外しながら入店し、注文せずに志保の傍までいく。志保は星子に気付くや座ったまま腕をあげ、喉を突く勢いで指を差した。

「ああ、これ?」シンプルな一粒ダイヤのネックレス——称君からのクリスマスプレゼント——を志保は見逃さなかった。

「オーホホホ」口元にあてた指をこれみよがしに開き気味にして笑ってみせたが、違った、それはネックレスじゃなくて指輪を自慢するときのポーズだわと気づく。

「髙島屋?」深夜の通販(のことを言ってるな)とすぐに分かった。

「そうそうそうそう、深夜のショップジャパンの……じゃないよ、カルティエっすよ、カルティエ」ひかえおろう、の気持ちで胸をそらす。

「ほう」誰にもらったの、とは訊いてこない。自分で買う年齢だものな。称君自身「背伸びしました」と笑っていたが、明らかに無理をしすぎと思えた。返品してらっしゃいと言いかけさえしたのだが、それじゃ保護者だよと思いとどまったのだった。身に着けてみると思いのほか嬉しいものだ。

「本当はカルティエのパンテール ドゥ カルティエをあげたかったんやけど、それはコンペで受賞したらプレゼントします」と真面目にいうのは大笑いで断ったし、(いつかの冗談口を覚えていてくれたことに対し)ちょっと感動もした。不安にもなる。無理しすぎというのは、経済的なことだけを意味しない。愛情の発露のペースが逃げ馬みたいだ。飛ばしすぎじゃないか、バテちゃうよ。

こっちは残り物の弁当を持っていって食わせようか迷ったくらいなのに。映画『エクスペンダブルズ』の2だったか3だったか、若手の部下が山道の上り坂をホッホと走っていくのを、年を取ったスタローンたち往年のアクションスターが少しも追いかけようとせずに悠然と歩いて付いて行っていた場面を思った。

「今日はさあ、正直助かったと思ってるんだよね、私今年は……」志保が改まって話し始めるのと電話の着信が重なった。出て、と目で合図される。着信相手に「拠」と表示されている。

「あ、どうしたの？」声をわずかにひそませる。

声の主は男性だった。拠が塾で熱を出して倒れたという。

「拠が？　はい……はい」相槌をうつうち、すぐ側の志保が様子を察していくのが分かる。

「拠が倒れたって。大事な時期なのに、なにやってんだか」

「すぐ行ってあげて」

「うん、そうね」

「急いで！」緊迫感の漂う声で見送られ、小走りに改札へと戻る。受験前月の娘の容態はもちろん心配に決まっていて、移動中の頭はそのことに支配されたが、志保がなにかを言おうとして言えなかったということが脳裏から消えたわけでもなかった。

第二十一話　虚心な変な

「おとっつぁん」夜の九時、扉を開けて星子は古い台詞を言い放つ。

「おかゆができたわよ」お盆を水平に持ち、入室する。

「………」挄は寝たまま口を動かした。「ひ」とか「あ」と単音だけかすかに混じる。扁桃腺がぱんぱんに腫れてますと医者は言っていた。まだまだ辛そうだ。

「ごめん、（今の小芝居）無視して」塾で倒れた挄は重い風邪だった。診断を受けてから二日間、こんこんと眠った。

三日目の今もなお、解熱剤を飲んだ一時だけ元気になったが二時間たつと、またすぐに熱はぶり返した。朝に飲ませて、午後に飲ませて、やはり二度とも同じだった。

「あらあら」デジタル体温計をふる真似をして、ふらずに体温計入れ（という呼称でいいか分からないが、プラスチックの鞘（さや））に戻した。

心配なのだが、なにやら興味深い気持ちもある。

エネルギー保存の法則というのか。冷気を浴びてる間、その冷気の分だけ弱まった炎が、冷気がゼロになるとまたメラメラと（今度は火のエネルギーの分だけ）燃え上がりだす。そういう律儀で正しいエネルギー反応（の進行と後退）をみることができたようで一瞬、生物学というよりも物理や数学に似た面白さを思う。

すぐに、それだけ重いんだ、と思考はまっとうに心配に戻る。拠の体を起こしてやり、おかゆを口に運ぶ。すまないねえ、こんなときにおっかさんがいてくれたら。想定した寸劇を心の中でしてみるが、一人二役では面白くない。布団の上に出た拠の手はぐったりと力なく、木の人形にご飯を与えているようで、いつもの拠の活気を思うと泣きそうになる。それでも薬のためにと少し食べさせた。

「さっきはかったけどもう一度、熱はかろうか」力なく頷いた拠の脇に体温計を入れるとき、既視感を覚える。ずっと前にもこうしていた。

体温計の単音のブザーが部屋に響くとき、いつも少しだけ寂しい気持ちになる。測定を終えたことを知らせるそのブザーは、電子レンジなどのそれと比べても短く、そっけない。熱のある人を慮(おもんぱか)るようでもあるし、別に結果なんかみてもらわなくてもいいんですけど、と言いたげなすげなさも感じる。

「八度六分」少しでも下がったことを（励ます意味で）拠の耳に入れて、解熱剤と薬のカプセルを手に載せてやる。口に運ぶ動きが遅い。ホーローのコップを落とさないか見守って、元の位置に収まった拠の額を氷水で絞ったタオルで拭う。

もっと幼いときにもこれくらい重度のインフルエンザにかかり、そのときは今以上にハラハラと気を揉んだが、もちろん治った。あのときの拠よりもさらに頑丈なはずだから、もちろん今回も大丈夫に決まっている。

でも、不思議だ。元気なくわずかな食事を終え、目を閉じてゼエゼエ言っている拠を見下ろすと、虚心な変な気持ちが湧く。虚心な変なという日本語はなんだかおかしいのだが。

「また様子みにくるからね」枕元にはスマートフォンがあるから、簡単な連絡はとれるのだが、手を動かす気力さえまだ希薄だろう。拠はありがとうと伝えたいような、心細さを訴えるような眼差しをよこした。その拠の頭部が、悪寒を緩和するための大きなタオルにくるまれ、ただの肌色の丸にくり抜かれていて、大きな赤ん坊みたいでもある。試験勉強の遅れへの不安ととりあえず解釈し、大丈夫と口を動かしておく。また、虚心な変な気持ちになり、片手にお盆を——もう水平に持たず——もう片手にはカプセルを包んでいたものを入れたコップを持って部屋を出た。

居間の明かりは消えていて、テレビだけが部屋を照らしていた。画面には海辺の景色が映っている。明度と彩度がくっきりした静止映像で、真ん中あたりには小さく白い灯台があり、陽光が海の大部分に反射し見事に輝いている。灯台の周囲には鮮やかな緑地が広がっており、ところどころにある木々は、もくもくと鮮やかに葉を茂らせている。

風光明媚だ。それがちっとも嬉しくない。焼酎を割るためのお湯を沸かし、コンロ下の収納から大きな紙パックの焼酎を持ち上げて出す。大根シロップを作った大根の残りを刻んで（もらいものの、良い）塩昆布で和えただけのアテをこさえる。

テレビの中は、鯨が体半分を大海原にダイブさせようとしている画像に切り替わった。ブルーの空とブルーの海、巨鯨が散らす飛沫はやはり陽光をキラキラと跳ね返している。ダイナミックだ。ちっともよくない。ノートパソコンのもそうだけど、スクリーンセーバーってなんでこう全部、意味もなく綺麗で雄大なんだ。

そういう雄大さや綺麗さにそぐうこっちとは限らないのにさ。スティック状の小さなリモコンを操作すれば、一時停止した映画の画面に戻る。俳優がくっきりとした顔で驚いた表情を向けていた。

さっきまで映画を観ていたのだがあまり集中していなかった。再生ボタンを押すや、役者が即座にワッツハプン！　と演技の続きをやりはじめた。

観ながらまた、既視感を覚える。自分が書いている小説のように、遠い過去と気持ちがつながる。昔、もっと幼い捩の寝室から出てきて、居間に戻るとブラウン管のテレビ画面が部屋を照らしていた。そしてそれは一時停止の、役者の顔だったんじゃないか。VHSのビデオの一時停止は、なんというかビデオが苦しそうだった。画面の端に白いノイズも出て、動きたいのに停めさせられて我慢しているような「静止」だった。今は涼しい顔で、そこに違いはあるけども、看病の合間に映画を観たことは一致している。

体温計を娘の脇の下に挟むことに既視感があるのは、これは当然だ。これまで何度もしている。捩を保育園に通わせる際の連絡帳に毎朝、体温を記入しなければいけなかったから。あれは、なんだろう。大丈夫ですよ、よその子に風邪を移しませんよ、ちゃんと保育していただけますよと「品質を保証」する行為だったな。

さっき体温計をふる真似をしたが、捩が幼児のときもすでに電子体温計だった。体温計をふる仕草だけ忘れずにいて、ときどきやりたくてやってしまう。

焼酎を作り、映画はなんだかやめにする。音を消してテレビ放送に切り替えた。ソファに埋まりながら焼酎をちびちびと口に運んだ。

星子は昔、体温計を割ってしまったことがある。小児科の廊下に落としてしまった。どうしよう。弁償できるだろうか。叱責を予感して縮こまったが、あらあらあら。やってきた看護師さんは慣れたことみたいに、小さなほうきとちりとりで水銀を集めた。水銀はころころと丸まって、ちりとりに収まった。不思議だった。

今、体温計の先端はラバー素材というのか、曲がっても戻るようになっている。ということは、落としたりぶつけたりして子供が青ざめる、あの青ざめがまるごとなくなってしまったのだ。別に惜しいことでもないけども。称君は水銀の体温計を割ったことがあるかな。液体なのに金属みたいなコロコロに、彼ならばきっと目を見張るだろう。挜の看病が入り、会う約束は年明けに日延べされた。会いたくてたまらない、みたいな衝動はないが、なにげなく傍にいて、いつものように相槌をうってくれたらいいなと思う。ソファで寝ない方がいいと分かっていながら、星子は目を閉じた。

あのとき電話を寄越したのは挜の恋人で、塾の講師ではなくて事務の仕事をしている男だった(ほっとして、なんでほっとするんだと後で思いなおした。先生じゃなければ「いい」ってことでもないのに)。

いつか早朝の電車で挨拶されたときの男の顔を、星子はぼんやりとしか覚えていなかった。名前さえ忘れかけていた。下田さんだ。塾には医務室がないし、歩くのも辛そうだったので自分の判断で病院まで連れてきたと廊下で説明を受けた。入院するか自宅に戻るか問うてきた医者には、恋人と母親ではなくて保護者が二人にみえたかもしれない。

「最近、根を詰めていたみたいでしたから」

拠の意識はすぐに戻り、帰りたがった。家で看病することにしたが、点滴が落ちきるまで廊下で二人で待つことにした。長い廊下は二人のほかに人はいなかった。白い光に照らされる下田さんの横顔をみる。

無言だが向こうも、どの言葉を装填して発射するか、考えている気配がある。交際について謝罪や釈明が始まってもおかしくないし、こちらから詰問されぬ限り、うやむやにするかもしれない。

同じカップルでも拠にとる態度と、この人にとる態度と、同じはおかしい。保護者として、社会人として、物申すべき相手だと分かっている。いつかの千場先生の「説諭」という言葉を思い出していた。部屋の中の拠と同様、廊下の二人にもみえない点滴が落ち続けている。そんな神妙な気配に廊下は包まれた。

「塾では事務をされているんですよね」年齢を重ねて尋ねるつもりで聞いてみた。

「はい、あ、事務はバイトで、普段は大学の院で理工学を学んでます」

「え」本業（?）が判明すると「装填」しかけていた説諭はすぐ引っ込めることになった。代わりに驚きが支配した。祢君と同じくらい？　正直、老けてみえるなあ。

「その節はすみませんでした」下田さんは頭を下げた。早朝の電車内でのあわただしい態度のことかと思い「別に、いいですよ」と厳粛な調子で答えた。

「僕ももちろん止めたんです」と続いたので、ん？　と思う。

「進級直前になって急に理転と聞いたときは驚かれたでしょう」あぁ、「その節」って、そっちか。

「昨年、宇宙飛行士のアニメを貸したら大ハマりしたようで」説明を加える下田さんの横顔に苦笑が混ざった。交際中の人と共有した時間を、一瞬だがなまめかしく感じさせ、星子は目をそらしそうになった。

「うちの塾って、夕食が出るじゃないですか」下田さんは話題を変えた。

「はい」

「塾の入り口脇に掲示板があって、過去の合格実績とかがダーっと貼ってあるんだけど、その横に『今日の夕食の献立』も写真つきで貼り出されるんですよ。チンジャオロースだとか、鶏胸肉の塩こうじグリルだとか。それをある夕暮れ、腕組みしながらずーっとみている高校生がいて、それが拠さんでした」

「はあ」

「僕、その写真を取り換える係だったんです。あの、受験勉強のメソッドって、塾同士で競えば競うほど差がなくなってくるから、賄いが充実しているなんてことのアピールがむしろ大事だ、という方針で。でも、あんなに真剣な……次の日も、その次の日も。メニューの写真を腕組みしながらガン見していた子、他にいなくて。進路に関わる重大なことみたいに……」

「ははあ」なんだか顔が赤くなる。

「で、数日したら入塾してきて、あぁ、あの子、入ってきたかって」と微笑んだ。こんどの笑みは苦笑でない。星子に向けられたもので、つまりは共感を求めているようだった。そういえば、塾を決めた際「賄いがあるから楽だよ」とアピールされた記憶がある。

それが、拠との「馴れ初め」か。ふむ。看護師さんがやってきて拠の部屋に入室して、出てくるなり点滴の終了を告げた。そこで会話は途切れた。

結局そのまま、娘との交際について特に言葉をかけず、謝意だけ述べて別れた。

星子は、下田さんが冴えない男なのではないかが気になっていた。いつかの朝は挨拶もそこそこに電車を降りてしまって、冴えない印象を与えてよこした（朝帰りの自分もどんな印象を与えたものやら、だが）。今度の対応は——ふるまいだけでなく、星子と会話するときの表情も含めて——前よりマシだ。彼が社会人ではなかったことでホッとしたかというと、別にそうでもない。倫理よりも、娘の恋人が冴えない奴であることの方が気になるなんておかしいのだが、そうはいっても自分の好きな人の恋人が冴えない奴なんて、なんだか嫌なのだ。

志保からは拠を気遣うメッセージが届いたが、呑みを反故にしてしまった詫びとスケジュール再調整の打診については返信がない。あのとき、なにを言いかけたんだろう。思い出すたび、星子はわずかだが胸騒ぎを覚えた。看病が終わるまで、連絡はできない。

「おとっつぁん、おかゆができたわよ」朝、また懲りずに同じ台詞で入室する。拠の体を起こし、寝巻を脱がせて温めたタオルで体を拭いてやる。

「ありがとう、ごめんね」小さな声をあげた。いいからいいから。喋ることないよ。さ、着替えよう。さっぱりした言い方で遮る。どんな病気のどんな相手であれ、それを看病する側は誰もが必ず「さっぱり」した態度に向かう気がする。

体に寄り添って背中を支えながら、シャツを着替えさせて、昨日と同じ既視感を抱いた。幼児の拠にあるときしたのとまるで同じ動作を今、繰り返している。

幼児であれ大人であれ、高熱を発した人間は同じようにぐったりと肉体の重みを増している。だから同じ動作で支えたり、手を添えたりする。

おかしいなあ。なにがって、同じであることがおかしいのだ。

もう一通り育て終えたはずなんだが。もう、こんなことしないと思っていた。実際には思っていたわけではなく、すると思っていなかった。

着替えさせられ終え、だるい目で布団にまたボスンと収まった娘は、やはり幼児のときと同じようにただ体を横たえている。

恋人なんか作って、言い返したりダメ出しをしたり、どころか私の体を心配したりする。まだ未成年だけど、いろんなことを決めて、自分の生きたいように生き始めている。それがどうだ。体温が四度高くなるだけでなにかが逆戻りしたように、あのときの拠が目の前に現れた。おかしいなあ。昨日も感じた「虚心な変な」というのは、今弱っている拠に対する「心配」とは無縁に生じるものだ。もうその拠は終わったはずなのに、というひたすら不思議な「だけ」の感じ方だ。

汗に濡れた寝巻や下着を抱えて立ち上がったとき、拠が消えそうな声でなにかを言った。かがんで、耳を近づける。

「こ、んなとき……おっかさんが、いてくれたら」星子の「寸劇」に、かなり遅れて応じてくれたのだ。おぉ、拠が戻ってきた。

「それは言わない約束よ」星子は拠の頭を撫でた。久しぶりに娘の頭を撫でた。撫でながら、どの、拠を撫でているんだろうと思った。

年が明けるころには拠は痩せたが回復し、顔には受験生の悲愴感が立ち現れ、鬼気迫ってきた。腫れ物にさわるではないが、言葉少なに塾へと送り出すようになった。

久々に称君に会った。映画館の入り口で会う称君に懐かしさを抱く。

「もう撮影も終わったし、ええかと思って」ああそうか、染めた髪を戻したのか。正直、黒髪の方がいいと思う。

「髪を染めると、染めてる間は皆、感想を言わないんですよ。染めたことについて」

「うんうん」

「戻したら皆、急に言い出すんですわ。『戻ってよかったー』て。なんででしょうね」

「たしかに、私も黒髪の方がいいと思ってたことはたしか」言わなかったのは、役作りと聞いて納得のしどころがあったからでもある。

「そやかて、『似合わないからやめなよ』みたいにすぐ言われてももちろん、むっとするとは思うんやけど……」

「失礼だと思って皆、飲み込むんだね」

「でも、だとしたら『戻ってよかったー』って、似合わないって言っちゃうのと同じやからね」

「そうねえ。似合わないって思って、その言葉を飲み込んだなら、よかったーも飲み込む……」

「……そこまでが遠足。遠足ちゃいますけど」

「でも、なんだろうね。『分岐が戻った』みたいな、嬉しい錯覚があるのかも。それでつい言っちゃう」

「分岐、なるほど」たくさん映画を観ているからか、連載中の小説で書き、読んでいるからか、二人の話題はしばしばSF的に想像が飛んだ。

「そういえば……そういえばってのも変ですけど、シホゾーさん、やめちゃいましたね。ツイッター」不意に告げられた言葉に星子は驚き、すぐにスマートフォンを取り出した。本当に、シホゾーのアカウントはなくなっていた。顔をあげて称君をみる星子の眼差しには悲しみと驚きがいっぱいに広がっていた。それは電子上のことで音もなく、いとも簡単になされたことだろうが、赤い髪が黒に戻ったという実態を伴った変化以上に大きく重大な「分岐」を思わせた。

第二十二話　忍ばぬ忍者のように

「電波の届かないところにいるか、電源が入っていないため……」星子は定型文のアナウンスを最後まで聞かずに電話を切った。受話器でも、二つ折りの携帯電話でもない、四角いスマートフォンを耳にあてて聞こえる案内の声音が、昔の電話で聞いたのと少しも変わらない冷静さ、平明さであることに戸惑う。進化する必要がないところだから音声が変わらないのも道理なのだが。

スマートフォンの定番のメッセージアプリの、志保宛のメッセージにもずっと「既読」がつかない。アプリの無料通話も試したが駄目だった。仕事用のノートパソコンを開き、久しぶりにメールを書いたが、送信はためらった。志保と連絡がつかなくなることは長い付き合いの中、初めてではなかった。そのときなぜ、連絡がつかなくなったのかを覚えていない。なにか怒らせることがあったっけと気にかけるころ、不意に連絡してくる。今回もしばらくはそのときと同様の、少し気がかり、というくらいの心持ちでいた。

ＳＮＳ（ツイッター）をやめたことは、志保が大きな「分岐」の片方を選択したことを思わせた。ＳＮＳとつながった誰彼と遠ざかる道を。もちろん、その「誰彼」には星子も含まれている。電子上の彼女の不在と、メッセージにずっと既読がつかないことが合わさることで、心はどんどんざわめいていった。

怒らせることがあって、どころでない。志保、大丈夫だろうか。

「どしたの？」拠が弁当箱に卵焼きを入れる手元を覗き込み、そのまま首をねじって顔色をうかがってくる。表情に不安が出ていただろうか。

「なんでもない」

「いいや、なんでもなくないね」踏み込まれる。痩せた頬だが、拠の目に力があることがそれで分かり、むしろ安堵した。

「なんでもなくないけど、大したことじゃないから試験終わったらね」半分認めつつ、ほんとうに、というまなざしを付け足して、やっと引き下がってもらう。試験を間近に控え、拠はもう合否の判定を受け止めた人みたいに大人びた表情だ。

試験が近づいたら消化に良いものを、となにかで読んだ。それまで頓着なくぶち込んでいた、ちくわの賞味期限なんかも気にするようになっている（そんな程度の意識の高まりでいいのかしら、と思いながら）。消化だけ気にして、うまいかどうか分からない弁当の包みの、結び目のこぶを持って水平に渡した。水平に受け取る拠はやはり凛々しい顔をしている。

「行ってきまーす、あ、貼るカイロもらったからね」毎冬、箱買いしてある「貼るカイロ」が今シーズンはあまり減ってない、と少し前に指摘されたんだった。余るなら、ということだろう。

「うん、気を付けてね」今、また風邪をひかれたら大変だ。護符のようにばんばん貼りまくってほしい。

「志保さんがいつか……」玄関に座り、ブーツに片方ずつ足を納めながら拠は語り始め、背後で星子はわずかに緊張した。

「……恋人ができてデートをするようになると『貼るカイロ』が貼れなくなるって言ってた」

「なるほどね」星子は他人事みたいにあしらった。たしかに、称君とのデートで常に服を脱ぐことになるわけではない（彼は若者だが常にガツガツしているわけでもなかった）が、意識して貼らなくなっていた。ブーツを履き終えた拠は、ここでは踏み込まなかった。

「なんだか、デートと、貼るカイロを貼れることが同じくらいの価値、みたいな言い方でさ」ね、おかしいでしょ、あの人。まるで拠の方が志保と竹馬の友で、面白い一面を教えてあげたというような顔。星子は微笑――自分には似合わないと自覚のある――を浮かべて娘を見送る。

もとから特に騒がしくなかったが、さらにしんと静かになった部屋に戻り、テレビをつけてにぎやかにして、残りの卵焼きを自分のドドメ色の弁当箱に追加し、台所を片付ける。

自殺する人は、死ぬ前に妙に明るい、前向きな態度をとる。

そんな言葉を読んだことがある。少し前に「反射」ということを思った。駅のカフェでなにか言おうとしていた志保は、だが反射で私を送り出した。拠を連れ帰って夜遅くに、詫びの言葉と**〔大事な話があったんじゃないの？〕**と確認のメッセージは送った。

だが**〔実はあのとき、実はこれこれしかじかのことを言おうと思ってたんだけどさ〕**と後から「言う」ことは、できないものだ。実際に志保から来た返信は、いかにも深刻そうな表情の劇画タッチの男のスタンプと〔**大したことじゃないから今度ね**〕の文言だ。そこからいくつか、星子からの呼びかけのメッセージだけが画面の右列に並んでいる。もう年を越してしまった。

志保の話したかったであろうことを心で再検証もした。かつて志保が交際していた男のことは、一度ともに食事をしたことがあるくらいで、あまり印象がない。遺影しか知らない母親のことも、会社員時代になにか言ってなかったか。不祥事やゴシップには好奇心旺盛な一方で、陰惨な殺人事件が起きたときなど、ツイートでみせる嘆きや怒りなんかは、心からの正義漢に思えた。そのどれも、彼女にとって改まって話したい事項でありうる。

我々は喋るとき、空を飛んでいる。ゼロ戦のように。言いたいことを機銃やミサイルに詰め込んでいる。戦闘ではない、勝ち負けでもないのだが、言いたいことをちゃんと言おう、伝えようとするとき、狙いを定め、機銃のトリガーを弾く。撃ちながら、ゼロ戦は絶対に前進する。だから、いつまでも撃ち続けていたら標的にぶつかってしまう。そうなる前に必ず、旋回をしなければならない。

そういう風に、撃つのをやめて旋回するような「間」が会話にはある。ある一回の会合における会話もだし、継続する誰かとの付き合いでも、今は撃ち損じた、次の機会を待たなければと思う瞬間が多々。

そういう「つもり」で沈黙していたら、相手がいなくなってしまうこともある。死んでしまうのだ。訃報が増え、身に染みていたつもりだった。言葉は早めにかけなければいけない、と。

シンクの内側をシンク用のスポンジで洗い終え、水を使う音が途切れた瞬間に、スマートフォンが着信の音を響かせた。少し濡れたままの手で握ったその画面は、志保からのメッセージが来たことを告げている。急いで手を拭い、スマートフォンをすがるように操作する。

〔高橋志保の弟です。直近にメッセージをくださっていた方に返信します……〕 冒頭の文字を読み、嫌な想像をしていた矢先の、文面の嫌な気配にめまいを起こしながら、星子は息をひそめて文字を追った。

売り払ったと聞いていたが、志保の家には家財道具も、持ち物も変わらずにあった。暖房をつけてはいけない気がして、コートを脱がずに、現場検証するような足取りで歩き回る。五月にきたときの記憶と変わりがない。夕方の窓からの景色だけが寒々しいものになっていた。遺影と、その横のコケシも元の位置のまま。志保のスマートフォンは電池残量を減らしながらも電池切れになることなく、テーブルに置かれたままだったそうだ。コンセントから卓上まで伸びた充電ケーブルが、白くなまめかしくみえた。

寝室には荷物をまとめた形跡があって、つまりスマートフォンを持たずに旅に出たようだと志保の弟は見解を述べた。

「電話で喧嘩して、何日か連絡なくて。いつもなら放っておくんだけど。電話でかなり怒ってたから、かっときて脳梗塞でも起こしてたら、と心配になって。大げさかな、とも思ったんですが大家さんに連絡して」室内で白い息を吐く志保の弟はとても小柄で、穏やかな声色の男だった。

「聞いているかもしれませんが」弟は前置きをした。

「姉とは仲が悪くて」そうだったのか。実家を分けるのが問題だとは言っていた気がするが。「今回も勝手に入っちゃって、また悪く思われちゃう」弟は、もう志保が生きていると決めつけている。分からないではないか。「旅に出ているらしい」というのは星子の不安をさして減らしはしない。旅先のホテルの白い陶器のバスタブの、湯船を真っ赤に染めているかもしれない。

昨年末に志保が語ろうと思った事項、それがなんであれ、すべて彼女にとって大きなことだった。彼女の失恋も、あるいは母親を亡くしたことも、すべて小さくない出来事だった。小さくないに決まっていた。なのに。

彼女自身のみせる平気そうな態度で、それを小さく見積もってしまった。最後の最後にみせた「反射」も、星子の胸をぎゅっと締め付ける。

「すみません、お役に立てなくて。志保の無事が分かったらすぐ、教えてください」

「もちろん」滞在は短かった。手がかりをみつけられなかったし、星子は最後に会った時のことや最近の様子を教える以外に、できることがなかった。スマートフォンの連絡先交換機能——片方ではQRコードを表示させ、片方は撮影する——を事務的に交わした。

「あ、さっき、善財さんにメッセージを送るときですね、姉からのメッセージがあって。あとで送っておきます」

なんのことだろうと思いながら志保のマンションを出て、地下鉄の階段を降りたところに、弟からのメッセージが届いた。駅のホームで立ったまま読む。

〔先ほどはありがとうございました。実は、善財さんと姉のスマホのやり取りの画面で、姉が最後

に善財さんに送ろうと思って入力していて、送信しなかったらしい文章が画面にまだ残っていたんです。僕からそちらにメッセージする前に、それを「コピー、保存」しておきました。一応、次にそれを送っておきますね。僕はコピーだけして、中身はみないようにしました〕長めのメッセージを読み終えるころ、さらに、もう一文のフキダシがピョッと音を立てて届いた。入力だけして、送られなかった志保の言葉が。

〔星子ごめんなさい。私はずっと平気でいたかったな。なにかを失くしたり、もう手に入らないことを自覚したりしても、なにもなくなっても勇気だけは持っていたかったな。甲本ヒロトの歌や、漫画の中の好きな主人公のように。私は〕文字はそこで途切れている。

涙がボロボロと勢いよくこぼれる。勢いのよさに驚くほどだった。この文字がどう続いたとしても、志保とはもう会えないのだ、ということが確信された。

泣き腫らした目を家族（拠）にどうごまかそうかなんて、失恋した少女のような悩みだよ。泣いた後も志保の安否について心配が消えたわけでもない。疲れ切った体でよろよろと家に帰り着く。無人の部屋の灯りをつけず、冷凍庫から氷を出して一個を瞼にあてて、大きな一個をグラスに投げ込む。本当に失恋した少女みたいだ。少女は呑まないウイスキーを注いで、瞼を冷やしながら呷る。

氷で濡れた手のままスマートフォンの新たな着信をみる。元夫の基雄からだ。メッセージを読む。一通り読んで、そして

ズコー！　という擬音が浮かんだ。

それは一九八一年放送開始のテレビアニメ『忍者ハットリくん』で多用されたもので、当時の小学生におおいに広まったものだ。星子は子供の頃、それを嫌っていた。アニメではない、原作の『ハットリくん』を愛していたから。

コミックスの中、美しい黒ベタで描かれるハットリくんは常に寡黙で無表情で、きちんと「忍んで」いる、いわば真の「忍」者だった。アニメ版で子供向けに親しみやすく演出されたハットリくんは昼日中からニコニコ笑い饒舌に喋り、あげく「ズコー！」などとズッコケてみせる。なんと軽薄な。どれだけ周囲がズッコケて盛り上がろうと、苦々しい、唾棄すべきものとして潔癖に遠ざけていた。

だが、誰しもの人生に、その擬音――ズコー！――としか響きようがない瞬間が幾度か訪れる。そしてそれは星子とて例外ではない、現に今がそうであるように。

〔高橋さん今、ハワイだわ〕 基雄からのメッセージは確信に満ちた調子で、それ故にうさんくさいと思えた。なんでそんなこと言い切れるの。そう入力しかけたところで第二信が届く。

〔フェイスブックに写真があがってる〕 とある。なんだって？　グラスの氷が意味深にカランと音を立てる。

志保の様子について、基雄にあらためて尋ねたわけではない。少し前に情緒不安定と教えてくれた基雄が、今も勝手に気を回して送ってくれたのに過ぎない。

志保がツイッターアカウントを停止したということに、本人の消滅に匹敵する劇的なものを感じ取ったわけだが、ツイッターのアカウントを停止させるという行いは、引っ越しなどと比べてものすごく簡単だ。だいたい、かつて自分だってそうした。離婚する際に、お互いにＳＮＳを一つやめて住み分けた。少しも重たい決断ではない。志保だってそうだったかもしれない。

でもさ？　と星子は口を尖らせたい。普通、心配するじゃんか。ましてや書きかけの言葉もみて、ついさっきまで自殺さえ想起していたのだ。

盛大に口尖らせ中の星子に、追い打ちをかけるように基雄が画像を送信してよこした。一目みるなりあらためてズコー！　存分にハットリくんのズッコケをする（注・実際に体は動いていない）。基雄のスマートフォンに映る画像をそのまま切り抜いた「スクショ」と呼ばれる画像だ。

〔ハワイにきてまーす！〕志保は浮ついたサングラスで、水着の上にラッシュガードを羽織ったラフな姿でビーチに佇んでいる。見事なブルースカイ。二枚目の画像に切り替えようとスワイプすると、関係ない画像になった。スクショというのはそういうものだ。

でも、スマートフォンはどうしたんだ。基雄に抗議しても仕方ないのだが、彼女のスマホが彼女の手元にない旨伝えて、解を求めてしまう。

〔てことは、二台持ちだろ〕基雄の回答は明快だった。

「ズコー！」星子はソファの背に頭をもたせかけ、今度は声にも出した。

我々にはレジャーが必要だ、か。**〔ハレイワの街にきてまーす。すごい量のアイス〕**二枚目の画像の鮮やかな色彩と、軽薄なキャプションを眺め、自分ではない別の友達に語り掛ける、自分の知らない志保をそこにみてとる。私に送ろうと思って送らず、入力画面に残された寂しい謝罪も、もうずっと過去の言葉のように思い出す。

〔21日午後には羽田でーす〕が最新の更新らしい。その日には拠のセンター試験も終わっている。羽田着だな。よし。待ってろよ、コノヤロウ！　星子はまた少し安堵の涙をこぼしながら、次はもう後悔の涙を流すまいと、ある決意を固めた。それから一気にグラスを呷る。

第二十三話　私たちはみる

「『エースをねらえ！』って、言うじゃない？」志保の質問は唐突だった。

「え」助手席の星子はスマートフォンから顔をあげて志保の顔をみた。なんか、前にも似た質問されたなと思いながら。

志保は運転しており、星子の方を向いたりしなかったが、仮にみても星子の表情は読めなかったろう。到着ロビーに現れた志保が頭部に載せていた、大きなサングラスを借りているから。

サングラス越しにみるから当然暗いスマートフォンの画面には、称君からのメッセージが表示されていた。**〔奨励賞でした！〕**とあり、よしよしとうなずく。

「ほら、漫画の、テニスの」

「うんうん」星子には志保の質問が聞こえなかったわけではない。文脈を一瞬、読めなかったのだ。少し前に道沿いにみかけた、大坂なおみ選手の大きな広告看板が印象に残ったのだろう。

「『エースをねらえ』って『言う』っていうか、うん、言うね」星子の脳裏に浮かんだのは漫画ではなく（出崎版）アニメの、あのアクの強い描線のイメージだ。

「私あれ、比喩だと思ってたの」またかと思った。またか、というのは、またしても『エースをねらえ！』の題名への疑義か、と思ったわけではない。一年近く前にも車に乗りながら、アニメの題名についてまるで同じようなやり取りをしなかったか。志保は二度目の運転となる星子の愛車のつまみを確信のない手つきでつまんで、暖房を一段階弱めた。長旅の帰りなのに「私が運転したい」だなんて、どういう元気さだろう。

「エースをねらえ。つまり『テニス界のトップに君臨する、エース的なポジションを狙って行けよー』というような意味だと思ってたわけ」

「はいはい、ガムいる？」

「それが、全然そうじゃなかったの……いる」星子は膝上のガムを一粒取り出して包装を剥いた。

「実際は『サービスエースを狙って行け』って意味なのよ！」

「へぇー、はい」志保に剥いたガムを手渡す。

「主人公が、長いラリーになると体力的にきついっていうのと、サービスの精度がいいからって、コーチが……」

「あ、次を右かな」手にしたスマートフォンの地図アプリが右折を示唆している。空港からの道の都心に近づいたあたりで、行く先をラウンドワンに決めた。カラオケにボウリングにダーツにゲームセンターがすべてパックされた、志保曰く「娯楽のキメラ」だ。

「ちょっと星子、身を入れて相槌うってる？」

「うってるよ」憮然とした声音になる。

「実際、星子はどうだったのよ。今の今まで『エースをねらえ』『エースをねらえ』って言われ続けて」

「比喩だと思ってたよ」別に誰からも「言われ続けて」ないが、と思うがそこは「流す」ことにする。

「じゃあ、もっと受けてよ」

「受けるって？　なにを」

『感銘』を！」志保は、芸術はバクハツだみたいに左の手を空中でぱっと開いてみせる。

『えぇっ！　そうだったの？　私てっきり、檄（げき）を飛ばしてたのかとばっかり！』」

「あ、右だったっけ」

「……そっちこそ」もっと身を入れて相槌に相槌をうってよ。冷めた口調で反駁しかけたところで後部座席の拠が目を覚ました。

「ガム、私もちょうだい」と眠たい声をあげる。つい二日前にセンター試験を終え（『エースをねらえ』ならぬ）『あしたのジョー』の最後のコマみたいに灰化していた拠だったが、空港に志保を迎えに行くと聞いてヨロヨロとついてきたのだった。行きも助手席でほぼ寝続け、まだ足りなかったらしい。

「どこ向かってるの」

「拠ちゃん寝てる間に、合格祝いしようってことになって、でもカラオケなのか、ボウリングなのか分からなくなって……」

「そもそも、まだ受かってるかどうか」

「いいじゃん。それで、かの有名なラウンドワンなるところに行こうってことに」

「あー、だったら実家箱のカード持ってくればよかった……それより志保さん、ハワイに家買うんですか」お。拠ナイス質問。旅行ではなく、志保は海外に住むという「説」があるのだ。

「そう。下見に行ってきたとこ」志保は即答したが、本当かどうか分かりゃしない。ハワイに移住だなんて、かなりの富裕層にしか出来ないだろう。

「いいな〜」拠、素直。でもそういえば、志保がどれくらいお金持ちか、分からないな。長い付き合いの人間にも、知らないことはたくさんある。

「お母さんそれ貸して」自分の顔を指さされて戸惑うが、サングラスのことと気付き、渡してやる。多分だけど、観光地のみやげ物屋の回転ラックで売ってるような安物じゃないから、大事にねと「親の言葉」を言いそうになった。

「いや、もう今回は……」と語りだして、志保は会話に溜めを作った。

「？」

「ご心配おかけして、申し訳ありませんでした」到着ロビーでの遭遇からここまで、二人が待っていたことへの驚きの表明（といつものくだらないやり取り）に終始してしまい、まず言うべきことを忘れてた。そういう改まり方で、志保は謝罪の言葉を述べた。

「ていうか、そんなに心配されるって、思わなかったんだよねえ」

「合わせ技だったからね。ツイッターをやめたこと、『既読』がつかなくなったこと、電話の連絡も取れなくなったこと、弟さんから連絡を受けたことで」指を四つ折る。昨年末の別れ際に打ち明け話をしかけていたこともまた、指を一つ折ってよいことだ。

「ツイッターね、人間関係でトラブっちゃってねえ。そいつからDMが来るのが面倒で。単にその相手をブロックすればいいんだけど、そうしたらその相手に『切られた』って即、思われちゃうでしょう。それも面倒だから『違う理由があるのかも』って思わせるために思い切って、まるごとやめちゃったんだよ」込み入った理由が明かされた。「そうなんだ」としか言えない。

「まあ、人間関係っていうか、弟なんだけどさ」

「あ、弟さんにも連絡は……」

「した、した」眉間に皺で、まずいものを口に入れたみたいな顔をしてみせる。

「まあ、それはとりあえずよかった」とりあえず、と口にしたが、それ以上によかったと星子は感じていた。無論、問題は継続しているのだろうが。

電子空間上の彼女の存在（SNSのアカウント）が消えたとき、特定の誰かとの現実的なトラブルを、星子は想像しなかった。

そうではない、もっと漠然とした強迫的な不安、生きていくことそれ自体への根源的な絶望のようなものを背後に（勝手に）感じ取っていた。「いなくなる、消える」というのは単純に「死」に近い。引っ越しや留学で遠ざかるということ以上に重いことで、だから理由を絞っていくと「単純なトラブル」になんか到底、収斂（しゅうれん）できなかった。

だからよかった、本当のトラブルで、という変な安堵が浮かぶ。

「よかった……と言っても、引き続き大変なんだろうけど」大げさな想像は言わずに、付け足した。

拠は気を利かせたのだろう、いつの間にか大きなヘッドフォンを装着し、サングラスのままスマートフォンを――車酔いしないよう頭の高さに掲げて――いじっていた。噛んでるガムが風船ガムだったら、きっと大きく膨らませただろう。

家族の誰かに積もった不満が、なにかをきっかけに噴出して、兄弟姉妹同士、どうしようもなく険悪になってしまう。そういう話は――介護や相続など理由は様々だが――身近にもよく耳にするようになった。ついこないだもだ。ラジオのジェーン・スーさんの番組のコーナーに、似た相談があった。近年、いくらでもある話らしい。長男が家督を継ぐことが定められていた時代ではなくなり、あらゆる家で不意に持ち上がるようになっている。抜本的な解決は多くの場合不可能だとも。

星子は、あのとき志保の家で対面した、あくまでも自分に対しては礼儀正しく、「嫌な」人なんかでは少しもなかった志保の弟の姿を思い浮かべる。志保よりずいぶん年下だろうと思われた。「嫌」ではないが、どこか暗いトーンで思い出されたのは、二人で志保の安否を心配したからなのはもちろんだし、照明も暖房もつけない部屋でほとんどの時間をともに過ごしたからでもある。

ネットもやめて、ハワイにでも逃げ出したくなるような疲弊するやり取りが二人の間にあった（あるいは引き続き、ある）のだとしても、とりあえずこうして、志保は無事に戻ってきた。それだけで星子は涙ぐむような気持ちだ。

だが、とも思う。星子が脳内で勝手に想起した「根源的な絶望」は、でも、本当になかった（ない）んだろうか、と。容貌の衰えをみたいのとは別の気持ちで――みえないと知っているのに――

みたくて、星子は志保の横顔をみつめる。いつかスーパー銭湯で、マッサージチェアにくつろぐ志保を凝視した。内面のことは凝視してもみえない、とそのときも思った。今もハンドルを握る志保はいたってクールな顔つきだ、もちろん、なにも読みとれない。

結局、あのときから少しも踏み込んでいない。志保は志保で、年末には言いかけた「なにか」を、やはり言わないつもりのように見受けられる。スマートフォンの、入力欄の中にひっそりと書きかけた言葉も、もう言わないつもりらしい。

それはきっと「旋回」だ。ハワイ行きでずっこけさせつつ、次のタイミングへと留保された。

でも私（と、それから拠）は旋回しなかった。言葉こそ放ってはいないが。

サッカーのしつこいサイドバックみたいに空港に待ち構えて「もう会わない」なんてことをさせなかった。到着口から出てきた志保はサングラスを持ち上げ、なにかを味わうように長い時間をかけ、私たちをたしかに「み」た。

志保の人生は――人付き合いも――きっと続く。星子は、今はそう納得することにする。

「そういえばさー。ティエオとはどうなの？」

「誰それ」ティエオなんて名の知人はいない。聞き間違いかと思う。志保はハッ、白々しい質問すんなや、というチンピラみたいな横顔をみせる。

「ティエオつったらカル・ティエ夫よ。クリスマスにあんたにカルティエのネックレスくれた、甲斐性ある『若いツバメ』に決まってんじゃない」

「勝手に変な名前つけないでよ！」年末の駅ナカのカフェで、指を差しただけで特に質問してこなかったネックレスについて、志保は勝手に見解を抱いていたのか。

「誰誰誰誰、ティエ夫さんって誰」ヘッドフォンをしているはずなのに拠が身を乗り出してきた。

「ティエ夫じゃないっての」

「だってさあ、ちゃんと紹介してもらってないから、そう呼ぶしかないじゃん」

「お母さん、その人、私も紹介してもらってない！」

「うるさいなぁ」顔が赤くなる。ていうか、と思い出す。ていうか私が家でベロベロに酔って倒れた時、もう二人は会っているのだ。改めて紹介したら驚くだろうか。呆れるだろうか。それとも無邪気に喜ぶかな。まるで会話を聞いていたかのようなタイミングでティエ夫、ではない称君からメッセージ。**〔奨励賞の縁で、もう一本、短編を撮影できることになりそうです。もう打ち合わせ〕**とある。よかったね、という趣旨のスタンプを選び、返信した。それで、なんだか気持ちが落ち着いた。

「なに、うまくいってないの」

「いってるのかなあ」

「なによ。『ドッカーンって爆発するくらい嬉し』くないの？　その人、本当に若いの？」自称若いツバメなんじゃないの、などとブツブツ言ってる。

「嬉しくなくない、普通だよ」照れとは別で、うまくいえないな。称君といると、常識のなさを感じて保護者のように不安になったり、若者らしいまじめさに接し、虚心に尊敬したり、さまざまだ。若者だけど、咳なんかは野太くて、おじさんやおじいさんと大差ないんだなと思ったりもする。付き合いが長く続くとも、あまり思っていない。ダメだと悲観してるのでもなく、やっぱりうまくいえない。

「呼んでよ、ティエ夫。ラウンドワンに」

「分かったよ」実物を紹介するほうが、言葉にする恥ずかしさよりマシだ。**〔今からシホゾーさんと拠とラウンドワン行くんだけど、くる?〕**送信すると**〔どこのROUND1ですか〕**に続いて**〔依頼されたの、企業のCMのショートムービーなんですけど、その打ち合わせの後で合流できたら、ぜひ!〕**と即返信が届いた。

「拠、あの曲かけて」好奇心と不審さを表情にたたえ続けた拠がサングラスを返してよこしたタイミングで、リクエストを出す。

「『あの曲かけて』?」志保が口の端に笑い交じりの声をあげた。車内で恋人に甘える際の古典的フレーズだったからだろう。

「この車『あの曲かけて』ができるようになったんだよ」CDが壊れていてラジオしかかけられなかったおんぼろ車のカーステレオが、拠が買ってきた装置でいとも簡単に「ブルートゥース接続」になったのだ。

「へえ」

「お父さんにパーツを教わったの。お父さん、父親みたいに『けしからん』的に興奮して。『車で好きな音楽が聴けないなんて、車の時間を半分捨ててるようなもんだ』って」

「いうね。スズキ・ジム夫が」実際にカーステレオから曲がかかると、説得力が感じられる。

いつか　どこか　わからないけど
なにかを好きになるかもしれない
その時まで空っぽでもいいよ

昨年のドライブでもラジオからかかったクロマニヨンズの曲。

ヒロトが歌う「その時」って、いつだ？　ロック音楽って、それがいつの時代のどんな曲だって常に、挑のような若者に向けて歌われているんだろう。だけど、本当は誰にも歌声は向けられているのだ、そう思いたい。挑にも、志保にも、私にも。

「少しだけ分けーてくれー、三億年か四億年！」挑が楽しそうに口ずさんだ。

やがて住宅と倉庫などがとりとめなく続く向こうに、図抜けて四角い巨大な黒い建物がみえたが、しばらくそれが目的の施設と気づかなかった。

「満か空か、マンカクウカ」星子が唱え、駐車場へと右折する。

「よーいしょ」窓を開け、駐車券交付の機械まで志保は体を伸ばし、たところで、それが作動していないことに気付く。

「停め放題ってか」日暮れの、広大な駐車場に三人降り立つ。プールの前では消毒するみたいに、楽しい娯楽の手前では必ず少し寂しく思う。そんなルールがあるみたいに暗く静かで、三人ともそれを味わうみたいに黙った。

そこへ称君からのメッセージが届く。

〔明日、突貫で短編を撮り始める流れになってるんだけど、学校の校舎のロケが必要で、あと撮影に使うドローンがなくて、友達に打診したりするんで、今日は行けないです〕なーんだ、残念。拍子抜けになって歩きかけて、ん、と思い直す。

学校で、ドローンとな？

うってつけの人材がいるじゃないのよ、おっかさん。

「イーッヒッヒッヒ」星子の口から久しぶりに十八番の笑いが漏れでる。

最終話　今も未来も変わらない

担当編集・朝井の第一声は意表をつくものだった。

「すみません、今から読みます」

待ち合わせの喫茶店に星子よりも十分ほど遅れてやってきて、テーブルの向かい側に着席するなりの言葉は、謝罪とは裏腹に高圧的にさえ感じられた。

昨夜遅くにメール送信した『過去を歩く未来』最終話の原稿を、朝井は読んでこなかったのだ。

「今、ここでですか」星子は間抜けな質問をした。

「プリントアウトしてきたんですが、電車でも読めなくて」遅刻も含めてだろう、謝意をうっすらとこめた眼差しを（やっと）寄越すと、朝井はボッテガ・ヴェネタのトートバッグからゲラを取り出した。〆切を大幅に超過した、それも夜中に送信したテキストを、読む時間が取れなかったからと責めることはできない。できないが。

「アノ……読んでもらってる間、外行ってきていいですか？」小説家は、目の前でリアルタイムで作品をみられることはない。そう思っていたんだが。俄（にわ）かに恥ずかしさがこみ上げ、コートを手に立ち上がる。

「いいですけど？」星子さんが挙動不審なことにはもう慣れています、という目で見送られ、星子はそそくさとコートを着込み、喫茶店の外に出る。

　外に出ると火照った頬を二月の夕刻の冷気が冷まし、自分の原稿への評価などどうでもよくなる。朝井さんボッテガのイントレチャート買ったのかぁ、などと思う。人が新車を買ったとか、家を売ったとか、海外に旅行に行ったとか、そういうことって必ず「みちゃう」よなあ。星子一人がではない、たとえば志保も星子の胸元のネックレスをすぐに指で差した。妬む気持ちではないはずだが、とにかく「みる」。やるね、とか、ほっほう、とアゴに親指と人差し指をL字に押し当て、眼差しを向けたくなる。

　それは、（人生を）存分に生きているねという、いわば「感心」だ。

　スマートフォンを取り出すと、アプリのアイコンの右上に丸囲みの数字がついていた。短時間に未読が何件もある。あら、なんだか人気者だよ。今日は摂の二次試験の日でもあり、気がかりだったが、その摂からはまだなんの着信もない。


〔差別されない？〕のメッセージは母から。先般の志保の失踪（？）と再会から少し経ってから、星子は自分の母に日々の連絡とは別の、誘いのメッセージを送った。本来は垣間見るはずのなかった、志保とその弟のやり取り。彼女の部屋の棚に置かれた母親の骨壺。残像に残ったそれらの記憶が、スマートフォンの上で星子の指を動かした。いろいろ考えた末**〔摂が合格したら、皆でハワイ**

でも行かない？〕 と水を向けてみた。アプリのムードに見合う、ごく軽い調子で。

しばらく既読のつかなかったその返信がやっと。俄かに広まった新型コロナウイルスの影響で、渡航先でアジア人が差別されるニュースに星子の母親は怯えているようだ。ウイルスに罹患しないかどうかを心配しないのが、母らしい。

〔肺炎にならないかではなく？〕 尋ね返すと、母にしては素早い返信が戻ってきた。

〔この年だもん、別にかかったらかかったでいいや〕 とある。いやいやいやいや。年寄りの方がリスクが大きいんだってば。

次の **〔こないだのオフショットです〕** は千場先生から。画像も同時に届いた。

先月のラウンドワンへの呼びつけは急だったが、先生は悠然とやってきた。**〔ドアを開けてください〕** とのメッセージ着信を受けて星子がカラオケルームの扉を開いてやると、先生よりも先に蚊トンボのようなドローンが入室し、後からリモコンを手綱のように保持して先生が入ってきた。皆、室内の空中を進む小型ドローンにまずは歓声をあげたが、拠がすぐに先生の腰のあたりを指さした。

「先生！」

「イーッヒッヒッヒ」先生は星子の真似をする拠の真似をして笑った。鞄のチェーンに「おなかに赤ちゃんがいます」のキーホルダーがある。

「おめでとうございます！」皆、口々に言祝ぎの言葉が出た。「何か月ですか？」はすぐに問うことができた（綺麗な指をパーの形に広げて示してくれた）が、誰もご結婚？　とかお相手は？　といった質問をしない。

そういう時代になった。周囲の友人、知人らが年を取り出産しなくなり、そういうとき用の「おめでとう」を言わずに（言葉を心にゴロンと放置して）いるうちに。結婚せず一人での出産を選択する話もよく聞くようになった。薬指に指輪を探しはしたが、それもなんだか古い観察だ。

「結婚します。事実婚だけど、パーティはするかもしれないから来てね」と先生から教えてくれて落ち着いた。パーティという語に拠が目を輝かせるのを横目に考えた。

我々は未来を空想するけど、想像しない。ドローンのようにメカがそこらを飛び交う未来のことは、ＳＦ好きや漫画好きの誰かが、過去にきっと空想した。でも、あることに限って尋ねなくなるということを我々は想像しない。選択肢が増えて古い価値観は淘汰されて、世界は生きやすく、なっているんだよね？

あの日ドローンで撮影した画像は既にもらっている。夜間撮影には不向きだからと室内で撮った集合写真と、ダメもとで夜の駐車場で真上から撮った画像と、二枚。どちらも見慣れないアングルで、粒子の粗い、ざらついた画像の中で上空を見上げる皆はかろうじて笑顔だと分かる。その不鮮明さと笑顔とが、先の疑問へのとりあえずの答えのように星子には思えた。

そして今届いた新たな画像はとても鮮明だ。プロ用の大型ドローンで、称君の短編映画を撮影したときについでに撮影したものだと補足の言葉が続いている。校庭の端に役者らしい女性と、指示を告げているらしい称監督の頭部がみえる。この女性、頭部と肩しか分からないのにマドカさんだと分かる。ツンケンした、しかし元気な気配が真上からでも伝わるのだ。

さらに端には見学している千場先生と拠の姿も。不思議だな。アングルにだけでない、そこにいる人たちが、そこにいることをしみじみ思う。自分がそれを鳥瞰（ちょうかん）でみていることに、間違った全能感も抱く。先生の手元にはプロポと呼ばれるリモコンが握られているようで、計り知れない人だと改めて感じる。

あの日のカラオケで先生が歌ったのは布施明『君は薔薇より美しい』。

歩くほどに　踊るほどに
ふざけながら　じらしながら
薔薇より美しい　ああ　君は

「変わった！」と熱唱のあとすぐに「『あぁって言うカラオケ』です」と付け足した。かつての「お題」を忘れていなかったのだ。

「『ああああ』の五音すべて音階が移ろう、難度の高い、まごうことなき『あぁって言うカラオケ』」と志保が太鼓判を押した。

古いカラオケ店の廊下とは異なった――壁の内側からＬＥＤが照りつける――未来的なラウンドワンの廊下で千場先生は星子に顔を近づけて囁いた。

「あのとき星子さんと呑んで、志保さんとカラオケ行って私、悟ったんです」

「？」顔が近いのは相変わらずだなあと思いながら相槌をうつ。

「『大人は楽しくなければ』って」

「たしかにそうですね」星子のその賛同では足りないみたいに、さらに顔を近づけてくる。

「『幸せにならなければ』じゃなくて『楽しく』ないと」千場先生はにっこりと笑った。

「なるほど」

「で、そのためには工夫しないとって」

「そうなんだ」

「そうなんです」工夫について具体的な続きがあるかと思ったら、それは特になくて先生はまたにっこりと笑った。おなかに赤ん坊がいることも「工夫」だろうか。妊娠と工夫は並べるとそぐわない単語だけど、もしかしたらそうなんだろう。カラオケを堪能した後、皆でダーツコーナーにぞろぞろと移動した。千場先生の投じるダーツがほぼすべて、的の真ん中に吸い込まれるのを皆、惚れ惚れと（星子だけ呆れながら）鑑賞した。そのあと移動したゲームコーナーでの先生のパーフェクトプレーも、星子一人だけが過去に驚き終えており、皆の驚愕の顔が滑稽にさえ感じられた。

〔分かりました〕のメッセージは称君から。

ずっと、長くは続かないだろうと考えていた称君との交際だが、案外長く付き合うんじゃないかしらとも思えている。少し前に喧嘩をしてから、なんだかそう思った。

あの夜のカラオケに遅れてきた称君も「あぁって言うカラオケ」を披露してくれた。

「この曲は、えーと、過酷なセンター試験を頑張った拠さんに捧げます」の前置きで歌い始めたのは、最近の若者の曲ではなかった。

雲はわき　光あふれて
天たかく　純白のたまきょうぞ飛ぶ

「甲子園の歌か」渋いねと囁き合った年長者たちも、これまで歌ったことなどないのにすぐ、皆で合唱できた。

若人よ　いざ
まなじりは歓呼にこたえ
いさぎよし　ほほえむ希望

「あーぁー、えーいかーんはぁ、君に輝くー」のところで皆が拠の方をみた。まだ合格か分からないよ、と拠の口が照れ臭そうに動いたのが分かる。そのまま三番まで歌いとおした。

歌い終えると志保が眼鏡を外し、目元をぬぐった。

「なんか、いい歌だったから」ずず、と鼻をすするのを称君がマイクを持ったまま、目を細めてみていた。いい人だな、好きだなと実感しなおした。

喧嘩の原因はありきたりのことで、その後の星子が原稿を出すまで会えなくなったことで不満を抱かれただけだ。原稿は今、出したから（朝井にビリビリに破かれたり突っ返されたりしなければ）あとは頑張って回復に努める。相手の気持ちを回復させるために「頑張ろう」と思うこと自体、久しぶりの気持ちだ。

恋情のことは分からないが、交際はリズムだ。千場先生の遊ぶゲームのように、出来事や会話をどれだけテンポよく出来るかだ。そのように考えてみると、割とウマはあっているようだ。

「そのうち介護してもらうことになるなあ」とある夜、先のことを冗談めかして言ってみたら「介護グッズとかも進化して今より楽になってるんちゃいますか」と真面目に見通しを示された。だから大丈夫ということなんだろうが、軽く言われた言葉にそのときだけ不覚にも胸の鼓動が速くなった。一生を本当にともに過ごすのかもしれないと。

〔『演奏が止まるカラオケ』はどうだろう〕のメッセージは志保から。また新しいカラオケの「しばり」を思いついたのか。そんなことばっかり常に考えてるんだな、この人。

演奏が止まるカラオケってなに？　と入力しかけて、やめて推理した。ええと**〔『港のヨーコヨコハマヨコスカ』みたいなやつ？〕**と送信する。あの曲は有名な「アンタ、あの娘の何なのさ」のセリフの手前で、曲が止まって無音になる。

〔そう。いわゆる「ブレイク」が印象的な曲限定！〕なるほどねと思うが、やってみないと盛り上がるかどうか分からない。志保はすでにたくさん曲を思いついているんだろうか。

先月のカラオケで志保が歌った「あぁって言うカラオケ」は『赤鬼と青鬼のタンゴ』。つくづく、持ちネタの豊富な女。

　月の瞳　ロンロンロンロン
　だんだらつの　ツンツンツンツン

「あぁ〜、夜は今〜夢ごこちぃ、タンゴのリーズームッ」志保と星子は手を握り肩を寄せ合い、似非タンゴを踊った。幼児向け番組の曲を若者も知っていて「名曲！」との評で全員が一致したが、志保の無駄な熱唱がプラスに加味されただろう。

〔そういえばハワイみやげ渡すのずっと忘れてた〕の言葉とともに「HAWAII」と書かれたキーホルダーの画像も届く。超いらない。最近は、かつてツイッターでつぶやいていたような下らないことを、星子にだけ送って寄越す。

　またツイッターすればいいのにと（その方が面白いからだが、個別に相手するのが面倒だから、という意味も含め）思う。志保は本当に海外で暮らすつもりらしいし、ハワイ行きも「視察」だった。

〔ハワイでインスタグラム始めなよ〕と水を向けている。自分の母親を誘ったのは、志保のいるハワイに誘ったのでもある。

〔拠どう〕と、たった三文字は元夫から。本人とやり取りを交わせるのに、心配の言葉だけまめに寄越すのは、一応まだ「二人で親」という意識なんだろうか。返信を入力しかけたら〔**ヨロヨロ**〕との新たな着信、拠からだ！　短い自撮り動画も添えてある。急いで再生すると二次試験は無事に終わったらしい。「今日は作家の言葉で頑張れました　ありがとう」それって誰のどんな言葉だろうと一瞬考えてしまう。

作家って私か！　動画の中で殊勝に礼を述べられ、バツが悪くなる。朝、送り出す前にガラにもなく述べた言葉は、志保の少し前の言葉がもとになった、受け売りのようなものだったから。

「準備の足りない人も、実力が足りない人でも唯一、なんのコストもなしにすぐに持てるものが一つだけある」

「なに？」

「それは勇気です」

うん。拠は頷いた。あのとき志保が書きかけて送信しなかった言葉を、書いている小説にも使ったし、形を変えてどうやら今朝、若者を一人鼓舞した。まあいい、手柄はもらっておこう。

星子は動画をもう一度再生した。声は入っていないが、カメラを向けているのは下田さんだな、と気づいた。

そこにまた新たな着信。朝井から短く〔**読了**〕と。引き締まった気持ちで喫茶店に戻る。

「いいじゃないですか！」が朝井の第一声だった。

「よかった〜」

トントン、とゲラを編集者みたいに（編集者なのだが）整頓させて鞄にしまう。

「バカ売れしますかね」

「善財さんにはまた、なにか頼むと思います」質問は完全に無視したが、一瞬だが穏やかな眼差しを向けて寄越した。

「はい」なんか、先生にあしらわれたちびっこみたいだ。

「では、私はこれで」伝票をつかむや朝井はクールに去った。会う必要あった？　と思うものの、長かった仕事が一つ手を離れた。執筆の完遂にあたって、特段の感慨はない。作中人物との別れを惜しむ気持ちなどもない。たとえば演劇なんかだと、丹念に、風景の細部まで描きこまれた書き割りをこさえても、その上演が終わると（場所塞ぎだからと）即座に破棄してしまう。小説は面積を取らないから別になにも破棄しなくていいものだが、そのように扱ったとて構わない、甚だドライな気持ちがある。ただ今回は主人公を自分よりはるかに若い年齢にした。そのことで、自分が筆を止めたあとも、彼らだけが身軽に居続けるような錯覚を抱く。

それも、別に構わない。星子は喫茶店の椅子に深く座りなおし、厳かにつぶやいた。

「ヨロヨロ」と。元夫に娘の合否を伝え、それから恋人に挽回の言葉を考えなきゃと思いつつ、自分一人のため、高いコーヒーのお代わりを頼む。

過去を歩く未来　最終話より最終段

善財星子

トオルは大きなパソコンの、モニターの輝きを懐かしくみつめる。未来とさして変わらない椅子に腰かけ、タオルで髪を拭い、コーラを飲んだ。

「髪乾かしなさいよ」階下からの母親の声は、今やどこか甘やかに響く。

「はーい」フロッピーディスクドライブが唸り、ワープロソフトが起動した。

トオルは書き記そうと思う。自分があちらの世界でみたこと、会った人、感じたことをすべて。傍らのマウスを操って、手を止める。

トオルは初めてパソコンのマウスに触れたとき「未来だ」と感激したことを思い出した。キーボードではない、アナログな動きを再現する装置の、機能もさることながら、その小ささや、滑らかな流線形にも未来を感じ取れたのだ。

遠い未来の世界にもパソコンやマウスはあった。パソコンは薄べったくなっていたし、マウスじゃない、指でなぞるやり方が主流だけども、マウスはマウスで使われていた。未来のマウスをトオルが裏返したとき、アリサたちはぽかんとしていた。生物のネズミを解剖するみたいな手つきだったかもしれない。

アリサたちはマウスの中にボールが入っていたことを知らないんだ。多分、一生。もう会えない人の、人生の見通しを、あらかじめ知っている。人生の本筋には無関係なことだろうが、自分だけが事物を知っていることに全能感と寂しさを抱く。たとえ時空を一時的に超越し、冒険のようなことをしてさえ、そんなことしか俯瞰できないのだが、でも、書き留めることはできる。

あの夜、木馬にまたがるのをためらっていたトオルに、オーバさんがかけてくれた言葉を思い出した。「若者がいきなり持てるのは勇気だけ」そうだよな、と思う。

でも本当は、若者でない誰でもそれは持てるんだ。

コーラの味は今も未来も変わらない。さて、とにかく書き始めよう。柱という柱を液晶画面が覆い、むやみに輝いていた街を、静かな発車ベルのメロディを、優しい人々を。余さずこぼさず思い出そうとトオルは大きな音のするキーを叩く。

◎この作品は『歌を友に／レジャーをともに』の題名で「婦人公論」に連載されました（二〇一九年四月九日号～二〇年四月二八日号。一九－二〇年一二月二四日、一月四日合併特大号のみ休載）。単行本化にあたり加筆、改題しました。

長嶋有

一九七二年生まれ。二〇〇一年「サイドカーに犬」で文學界新人賞、翌年「猛スピードで母は」で芥川賞、〇七年の『夕子ちゃんの近道』で第一回大江健三郎賞を受賞し、〇八年には『ジャージの二人』が映画化された。一六年『三の隣は五号室』で谷崎潤一郎賞受賞。その他の小説に『パラレル』『泣かない女はいない』『ぼくは落ち着きがない』『ねたあとに』『佐渡の三人』『問いのない答え』『愛のようだ』『もう生まれたくない』『私に付け足されるもの』、コミック作品に『フキンシンちゃん』、エッセイ集に『いろんな気持ちが本当の気持ち』『電化文学列伝』『安全な妄想』等がある。

Jasrac 出 2007301-001

今も未来も変わらない

二〇二〇年九月二十五日　初版発行

著　者　長嶋　有
発行者　松田陽三
発行所　中央公論新社
〒一〇〇・八一五二
東京都千代田区大手町一ノ七ノ一
電話　〇三・五二九九・一七三〇（販売）
〇三・五二九九・一七四〇（編集）
http://www.chuko.co.jp/

印　刷　大日本印刷 株式会社
製　本　小泉製本 株式会社

Published by CHUOKORON-SHINSHA, INC.　Printed in Japan
ISBN978-4-12-005335-1　C0093